TAKE
SHOBO

ラブ・ロンダリング

年下エリートは狙った獲物を甘く堕とす

高田ちさき

ILLUSTRATION
neco

MITSU
YUME

ラブ・ロンダリング
年下エリートは狙った獲物を甘く堕とす

CONTENTS

MITSU YUME

イラスト／neco

ラブ・ロンダリング

love laundering

年下エリートは狙った獲物を甘く堕とす

第一章　最低で最高の誕生日

結婚が決まればその先には幸せしかないって思っていた。
昨日までは――。

二月四日土曜日の夜、妹尾七瀬《せのおななせ》は、行きつけのダイニングバーにいた。

二十代最後の誕生日。その日めでたく二十九歳を迎えた七瀬は、婚約者の谷本敬介《たにもとけいすけ》が現れるのを今か今かと待ちわびていた。すでに同棲を始めているふたりだったが、今日は七瀬にとって特別な日。

だから敬介がわざわざ待ち合わせの店を指定してきたことが嬉しかった。最近おしゃれも手抜きだったことを反省して、今日はお気に入りのニットのワンピースを身に着け、アクセサリーも自分の趣味ではないが、付き合って初めて彼に買ってもらったピアスをセレクトした。

待ち合わせの時間より二十分も早く到着し、カウンターで首を長くして待っていた七瀬の元に敬介が時間通りにやって来て早々に言った。

「俺たち別れよう」

　一瞬何を言っているのか、わからなかった。

「え？　なに、もう一回言って」

　七瀬の顔をまっすぐ見ようともしない敬介の手に触れようとしたが、彼はそれを拒否するように手をひっこめる。

「何？　何かの冗談？　サプライズ⁇」

　にわかには信じられず、たたみかけるように尋ねる七瀬に、敬介は真剣な表情で追い打ちをかける。

「ごめん」

　――ごめん。

　自分たちの紡いできた三年という歳月がこのひと言で終わりを迎えるのか……。いや、そんなはずない。七瀬はそう思いたかった。

「……結婚はどうするの？」

　頭がガンガンする。絞り出すような声で尋ねた。

「ごめん」

「ごめんって、会社にふたりとも結婚の報告してるんだよっ⁉」

　七瀬と敬介は部署こそ違うが、同じ会社の同僚だ。

　そうなれば結婚式の招待客も、おのずと会社のメンバーが多くを占めることになる。直属の上司にいたっては祝辞や乾杯の音頭をとってもらうために、式の日取りが決まった段階で、真っ先に報告していた。

「いったいどうするのよぉ……」

指先から震えが駆け上ってくる。

「本当にごめんっ。で、マンションも出て行ってほしい」

「えっ？」

彼の追い打ちをかけるような言葉に、唖然とする。

確かにあのマンションを借りているのは敬介だ。

七瀬がそこに転がり込むような形で、同棲が始まった。

結婚してもそこに住むつもりだったから、インテリアも食器もふたりで一緒に選んだのに。次々と突きつけられる悲惨な状況が受け入れられず、言葉を発することもできない。

「俺、今日からこのまま一週間出張に出るから、その間に引っ越ししてくれ」

冷たくそう言い放つと、席をたった。

「それと、これ。誕生日おめでとう」

敬介は素っ気なく告げると、小さなケーキの箱を七瀬の前に置き、慌ただしく去って行った。

震える手で箱を開けると、そこには七瀬の好きなケーキ屋のガトーショコラ。

プレートには『二十九歳　誕生日おめでとう』

（誕生日ケーキに堂々と二十九歳なんて書かないでよ！）

それよりも何よりも、式の日取りまで決まっていた相手の二十九歳の誕生日に、別れを切り出すなんてどういうこと？

去って行った敬介の背中が、今まで自分が見てきたものとは全く違って見えた。

七瀬は七瀬でこんなときに、相手にみっともなく縋《すが》りついて引き留めることも、罵《ののし》ることもできない。

七瀬は昔から周りに迷惑をかけまいとして、自分の感情を抑える癖があった。

人生において後にも先にもあるはずないぐらいのこんな最悪なときでさえ、自分の感情をむき出しにできない。

オーダーしていたカクテル、コスモポリタンを呷《あお》るようにして一気に飲む。

本来の飲み方から外れているのもわかっているが、このやり場のない想いはこうやってごまかすしかない。

次々とカクテルをオーダーしては、同じような飲み方をする。

するとカウンターにミネラルウォーターが差し出された。

「もうそろそろ、お出しするお酒がなくなりそうです」

バーテンダーに飲みすぎをやんわりと指摘されて、差し出されたグラスを受け取る。

若いのに気の利くバーテンダーがお気に入りでよくここに通っていたけれど、こういうときは放っておいてほしいと思う。

「じゃあ、フォークください。大きいの」

渡されたフォークを持つと、敬介が置いていったケーキを大きくすくう。

そしてそれを口に次々と放り込んだ。

（こんな時でもおいしいと感じるなんて……案外私も図太いな）

涙が目じりからこぼれる。フォークを持つ手でぬぐうと、髪にチョコレートがついた。

それでも構わずに、目の前のケーキを食べることに専念する。

「そんな風にケーキ食べると消化不良起こすよ」

いきなり声をかけられて、目だけで相手をチラリと見る。

仕立てのいいスーツを着ているが、自分よりも年下だとわかる男性がそこにはいた。こんな状況の女に声をかけてくるなんて、からかっているに違いない。

七瀬は、無視を決めこみ淡々とフォークだけを動かす。しかし、腕を掴まれて動きを阻まれた。

「だから、やめなって。昔はお腹弱かったでしょ？　今は平気になった？」

実際七瀬は子どもの頃からお腹が弱い。食べすぎるとお腹を壊すし、緊張しても調子が悪くなる。

コーヒーだって付き合いで少しは飲めるが、飲みすぎると途端にお腹がぎゅるぎゅると音を立てるのだ。

どうしてそんなことを知っているのかと、相手の顔をまじまじと見る。

「ナナちゃん。いくら誕生日だからって、全部食べたら本当にお腹壊しちゃうよ」

くすくすと笑いながら自分を〝ナナちゃん〟と呼んだ。

（ナナちゃん……）

その懐かしい響きが記憶に残っている。

自分の記憶の引き出しと向き合うことしばし……。

「……れ、玲《れい》？」

「そ。ナナちゃん誕生日おめでとう」

にっこりとほほ笑むその顔は、確かに七瀬の記憶に鮮明に残っている。

「約束通り、君をもらいにきたよ――」

そして記憶の中よりも大人になった彼の笑顔は、七瀬が今しがた受けた傷の痛みを一瞬忘れさせるのには十分だった。

「玲――！」

懐かしくて、嬉しくて、思わず抱きつく。自分の顔が涙とチョコレートでひどい状態だというのも気にせずに。

「大きくなったね！」

「何、その子供に言うみたいなセリフ。僕もう立派な大人なんだけど」

苦笑いを浮かべて、下から見上げる七瀬を見つめる。

「ナナちゃんが生まれたこんな素敵な日に、どうしてそんな顔で泣いてるの？」

「……どうしてって」

(今さっき婚約破棄されましたなんて言えない)

七瀬が悩んでいると、玲がしなやかな指で七瀬の目尻を拭った。

「大丈夫。僕が最高の誕生日にしてあげるから」

口角をくいっとあげてほほ笑む玲につられて、七瀬もなんとか笑顔を作った。

玲はバーテンダーを呼んで親しげに話したあと支払いを済ませ、七瀬の手を引き店の外に出る。

タクシーに乗せられたあとも、そのまま手は繋がれていた。

七瀬は自分の記憶の中にある彼と、今自分の隣に座っている彼とを比べていた。

玲——黒住《くろずみ》玲は、七瀬の幼馴染みだ。

七瀬が小学校四年生のクリスマスの日、マンションの隣の部屋に引っ越してきたのが玲だった。

当時小学二年生だった玲は体も小さいほうで、ふわふわの色素の薄い髪、大きなくりくりとした琥珀《こはく》色の瞳が印象的だった。

(今思い出しても、抱きしめたいほどかわいかった)

ふとそんな風に玲との出会いを懐かしく思い出す。

その年のサンタさんへのクリスマスプレゼントのリクエストの手紙に、『かわいい弟が欲しい』と七瀬は書いたのだが、サンタが願いを聞き入れて、プレゼントを届けてくれたのだと思った。

　七瀬の両親は共に仕事で忙しく、玲にいたってはシングルマザーでキャリアウーマンの母とのふたり暮らし。お互い兄弟もおらず、自然とふたりで過ごす時間が長くなっていく。

　学校から帰ると、必ずどちらかの家で過ごし夕食は七瀬の家で一緒に食べた。

　玲の母親の帰宅が遅い日や出張の日は、七瀬の部屋に泊まることもしばしばあった。同じごはんを食べて、同じ布団で眠る。

　そんなふたりは幼馴染みと表現するより、姉弟と表現するほうが正しかったのではないかと今になって思う。

　昔の記憶に浸っていると、すっとティッシュを一枚渡された。

「顔、もう少し拭いたほうがいいかも」

　そう言われて慌ててバッグから手鏡を取り出す。

　車内には時折差し込む街灯の光しかなかったが、それでもわかるくらい頬にべったりとチョコレートがついていた。

（久しぶりの再会なのに恥ずかしい……）

　渡されたティッシュで頬をごしごしとぬぐう。

「ナナちゃんは、ナナちゃんだね。変わってなくて安心した」

（そういう玲はすっかり大人の男の人になってる）

　横目で隣の玲を盗み見る。

先ほど「大きくなったね！」などと言ったが、体の大きさだけではない。以前の愛くるしい面影が残ってはいるが、そこに大人の男性の色気がミックスされている。身長はすっかり伸びて、体型も細身だけれどしっかりしている。

それは七瀬が知る〝玲〟ではなくて、〝大人の玲〟だった。

大人になって突然現れた幼馴染みに脳内を支配されひとりいろいろ考えていると、車が駐車場に入りゆっくりと停車した。

「予約がダメにならなくてよかった」

玲は優しい表情で七瀬に笑いかけて支払いをすませ、再び手を引いてくれた。

連れてこられたのはこぢんまりとした煉瓦造りの建物。看板などは一切ない。

駐車場に車が止まったのを見ていたのか、中からシェフコートを着た若い男性が扉を開けてくれた。

「いらっしゃい」

声をかけられた玲は軽く手を上げる。

「無理言ってごめん」

申し訳なさそうにする玲に、男性が言葉を返す。

「お前のナナちゃんのためだ。これぐらいはお安い御用！」

自分の名前が出てきて驚く七瀬にはお構いなしで、玲が七瀬の手を引っ張る。

昔つないだような手のつなぎ方ではなく、もっと密着度の高い――いわゆる恋人つなぎ。

七瀬の知っている玲の手ではない。柔らかくて自分とさほど大きさの変わらなかった手が、今では大きくて、筋張っていて……驚くほど〝男〟の手をしていた。

戸惑いの中、手を引かれながら店内へ入る。

街中なのに建物は木々に囲まれ、入り口は温かい光でライトアップされていた。木製のドアをシェフコートの男性が押さえてくれている。

玲と共にそのドアをくぐると「Benvenuti a casa mia!（ようこそ、我が家へ）」と声をかけられた。

「こいつ僕の友達のコージ。ほら覚えてないかな？　僕がニューヨークに行くときも、見送りに来てた」

「あぁ……思い出した！　玲と同じクラスだった、コージ君ね」

「そうそう、それで今はここのオーナーシェフ。こう見えても料理の腕は確かなんだ」

「こう見えてもってなんだよ。ようこそナナちゃん！」

「おい、気安く呼ぶなよ」

ふたりのやり取りを見ていて、七瀬の顔が思わずほころぶ。

「ナナちゃんでいいわよ。でも、もうとっくに〝ちゃんづけ〟が許される歳じゃないんだけど」

肩をすぼめた七瀬に玲が言う。

「ナナちゃんはいつまでたっても、ナナちゃんだよ」

甘い笑顔を直視できなくて、慌てて目をそらす。

「さぁ、こんなところで立ってないで席に座って」

そう言うとコージは、ほかの席からは死角になる奥まった席へと案内してくれた。

「ここ、うちの店の特別席。女の子をくどくための席だから。頑張れよッ！　玲」

がははは……と笑いながら玲の肩をひとつたたいてコージは去って行った。

「余計なことばっかり言いやがって……」

少し唇を尖らせる玲のその表情に覚えがあり、七瀬はやっぱり目の前の男性はいくらかっこよくても〝玲〟なのだと実感した。

「ねぇ、お祝いしてくれるんでしょう？　楽しみ」

ふてくされていた玲に声をかける。

「うん。もう料理は頼んであるんだ。ナナちゃんの誕生日のスペシャルコースだよ」

自分の誕生日であるかのように嬉しそうな玲につられて、七瀬も笑顔を返した。

何年ぶりだろうか。

あれは七瀬が中学一年、たしかまだ誕生日が来ていなかったから十二歳、玲は五年生で十一歳になったばかりだった。

玲の母親の再婚が決まった。それに伴い玲も相手の男性と共に住むことになり、引っ越しをすることになったのだ。

場所はニューヨーク。

いくら幼いふたりでも、それがすぐには会えない距離だと理解していた。

怒った玲が「ナナちゃんと一緒に住みたい。養子にして」と七瀬の両親に頼んだのを昨日のことのように思い出す。

（あれから十七年も経ったのか……）

七瀬がいろいろ考えながら、ふと目を玲に向けると、玲はこちらをじっと見ていた。

「何？」

驚きと照れくささでそっけなく聞いてしまう。

「いや、ナナちゃんだなって……」

にっこりと笑顔を向けられる。

「ずっと会いたかったナナちゃんが、目の前にいるんだなって思うと嬉しくて」

ストレートな物言いに顔が赤くなる。

（相手は玲なのに……）

そんな会話を交わしていると、シャンパンと前菜が運ばれてきた。

黒髪のボブカットの給仕の女性がにっこりと笑顔を向けて「おめでとうございます」と言いながらグラスにシャンパンを注いでくれる。

「ありがとうございます」と返し、玲のグラスにも同じように注がれるのを待つ。

「ごゆっくり」と声をかけられて、ふたりきりになった。

「ナナちゃん。誕生日おめでとう」

すっとグラスを持ち上げて、ウィンクをする。

そのあまりにも洗練されたしぐさに、どきりとして思わず息をのむ。

「……ありがとう」

にっこりと微笑み、そう返すだけで精一杯だった。

前菜の皿には何種類かの料理が並んでいる。

カプレーゼ、ブルスケッタ、カポナータ。

色とりどりのおいしい料理が、七瀬を楽しませた。

玲は、先ほどまでどうして七瀬が泣いていたのかは聞かなかった。

ただ思い出話と近況の報告。楽しいことだけでこの時間を埋め尽くしてくれた。

パスタに続き、メインの牛肉の赤ワイン煮込みを食べ終えると、紅茶が運ばれてきた。

「本当はデザートがここで運ばれてくるんだけれど、今日は持ち帰りにしてもらったから」

先ほどコージがわざわざテーブルに持ってきたものを、目の前に掲げる。

箱の様子からして、おそらく中身はケーキだろう。

玲はさっきの店で顔にチョコレートをつけながら、ケーキをがむしゃらに消化していた七瀬を目撃している。

きっと気を遣って、持ち帰るように手配してくれたのだ。

「さぁ帰ろう」

すっと立ち上がって、七瀬の後ろにくると椅子を引いて立ち上がらせてくれた。

「……うん」

七瀬は重い腰をあげた。帰ろうと言われても、自分はいったいこれからどこへ行くべきかわからなかったからだ。

実家に帰ろうかとも思ったが、たまたま家族に誕生日の予定を聞かれたときに、敬介と過ごすと電話で伝えていた。

こんな時間に、瞼を腫らして帰れば、何かあったのだとふたりにすぐにばれてしまう。

（これは、より子《こ》に頼むしかないかな……）

唯一、今の状況を説明して、相談に乗ってもらえそうな同期の顔を思い浮かべる。

タクシーに乗せられて、玲が行先を告げた。

方向としてはより子の家のほうだ。都合がいい。

玲が降りたあと、そのままタクシーに乗っていこう。

「ねぇ、ちょっと電話してもいい？」

より子に泊めてもらえるかどうか聞こうと思い、スマートフォンを取り出す。

「どこに電話するの？」

「んーっと。今日泊めてもらえるか、同期のところに電話しようと思って」

キーロックに暗証番号を入力して電話帳を開く。

すると隣の席から、玲の手が伸びてきてスマートフォンを取り上げた。

「なにするの!?」

驚きのあまり声をあげる。

「これは没収。まだナナちゃんの誕生日終わってないでしょ」

玲は自分のジャケットのポケットに、七瀬のスマートフォンを入れた。

「ねぇ返してよ」

七瀬と反対側のポケットに入れられたスマートフォンを取り返そうと、覆いかぶさって玲の体をまさぐる。

「積極的なのは嬉しいけど、それは部屋についてからのほうがいいな」

優しい手つきで、頭を撫《な》でられる。

タクシーの運転手がバックミラーでふたりを見て「ヒュー」とひとつ口笛をふいた。


ほどなくしてふたりを乗せたタクシーが、最初に告げた目的地に到着した。

そこは新しいデザイナーズマンションだった。

「ここの八階。会社が借りてくれてるんだ」

そう言いながら、暗証番号を入力してオートロックを解除する。

玲の後ろでまだ戸惑いながら固まっている七瀬を振り返って、声をかける。

「僕まだナナちゃんといたい。ダメ？」

甘えるようなその言い方に既視感を覚える。

（私、この玲の〝ダメ？〟には昔から弱かったな。それに今夜は――今夜くらいは誰かに

傍にいてほしい）

その〝ダメ？〟の威力に完敗した七瀬は首を横に振って、満面の笑みを浮かべる玲のもとに小走りで駆け寄った。

玲に案内された部屋は３ＬＤＫのいかにもファミリー向けのものだった。

「会社はこんなに広い部屋を借りてくれているの？」

今の時代、会社が社員の家賃を補助することすら珍しいのに、この待遇のよさには驚く。

「うん。住宅の手配を全部会社に任せたらこうなってた。なんか変？　結構駅にも近くて、便利なんだけどな」

そんな風に言いながら玲はカウンターキッチンで、ワイングラスを用意していた。

「もうちょっと飲めるよね？」

ボトルをかざして訊かれて、頷く。

「適当に座って」

ソファに腰をおろしたが、初めての場所で落ち着かない。

段ボールがまだいくつか残っている。引っ越してきてまだ間もないのだろう。

あんまりキョロキョロと見ているのも悪い気がして手持ち無沙汰でいると、テーブルに先ほどレストランで受け取った箱とワインが置かれた。

「箱開けてみて」

言われたとおり開けていると、すぐ隣に玲が座る。

フルーツいっぱいのタルトにチョコレートのプレートがのっていた。

『ナナちゃん　ありがとう』

「どうしてありがとうなの？」

ここは〝おめでとう〟のはずだ。

真横にいる玲の顔を見る。

「これで正解だよ」

大きな丸い目をにっこりと細めて、七瀬を見つめている。

「ナナちゃん、生まれてきてくれてありがとう。僕と出会ってくれてありがとう。そして今日この時を一緒に過ごしてくれてありがとう」

七瀬の手をぎゅっと握って言う。

耳から入った玲のあったかい言葉に、とげとげしていた心が丸くなっていくのがわかる。

それと同時に涙腺もゆるんでしまったのか、ぽろぽろと涙がこぼれ落ちた。

「ど、どうしたの？」

一度は落ち着いたと思った七瀬が、再度泣き始めたことに玲は慌てた。

その態度に七瀬は首を横に振ると「ちがうの」と笑顔を見せた。

「玲、私こそ玲が今日一緒にいてくれて嬉しい。ありがとう」

涙でぐちゃぐちゃの顔で一生懸命笑顔を作った。

すると玲が両手で七瀬の顔をつつみ、親指で涙をぬぐったかと思うと、涙の跡が残る頬に小さなキスをした。

　驚いた七瀬の顔を見て満足そうに「涙止まった？　まだならもう一回しようか？」そう言われて七瀬は慌てて「もう平気」と答えた。

　ケーキにろうそくをたてて、ふたりでハッピーバースデーを歌う。

「ナナちゃん、願い事しながらろうそく消して」

　玲の言葉に思わず本音が漏れた。

「私、幸せになりたい」

「うん、なれるよ絶対」

　なんの根拠もないけれど、力強い言葉に安心感を覚える。

　玲にぎゅっと手を握られながら、ろうそくを一気に吹き消した。

　今日あった嫌なことを忘れて、新しい自分になろうと思った。

　きれいにカットされたケーキをお皿に載せて渡される。

「無理して食べなくてもいいよ」

「ううん。とってもおいしいよ。それにやっぱり誕生日ケーキは本当に祝ってくれる人からもらったものを食べたいし」

　敬介にもらったガトーショコラの記憶を消したかった。

　敬介との思い出と一緒に。

「ナナちゃん、そのピアスはずして」

「いきなりどうしたの?」

七瀬の問いかけに、玲は返事をすることなく七瀬の右耳からピアスをはずした。

「これ、全然似合ってない。それにナナちゃんの趣味でもないでしょ?」

これは敬介が選んでプレゼントしてくれたものだ。

確かに七瀬の趣味とは異なっていたが、今日は敬介との待ち合わせのためにこのピアスを選んでいた。

「そうだね。もうこれも私には必要ないものだわ」

小さくつぶやくと、もう片方のピアスを自らの手ではずした。

「そろそろいろいろ話したくなった? 昔みたいに全部僕に話してくれる?」

幼馴染みとはいえ、やっぱり情けない話は言いづらい。それでもひとりで抱えていられず、七瀬はひと呼吸おいてから話しはじめた。

「わ、私ね、今日婚約破棄されたの。式の日取りも決まって会社にも報告していたのに」

自嘲気味に話す七瀬の手を玲がぎゅっと握った。その手の温かさに救われる。

「こんな私だけど幸せになれるかな?」

「なれるよ。僕が幸せにしてあげる」

そのセリフを聞いて七瀬は思い出す。

確か小さい頃にもそんな風に玲に言われたことを。

「ふふふ……。やっぱり玲は玲だね」

玲との思い出がいろいろと浮かんできて、話をする。完全に話の方向が変わったけれど、玲は何を言うでもなく七瀬の話を楽しそうに聞いていた。

玲はそのたびに「覚えてない」とか「はずかしぃ〜」とか言いながら、七瀬のグラスのワインがなくなるたびに注いでくれていた。

杯を重ねるにつれて、今現在の七瀬の話になる。

「私、あさひ堂っていう文具メーカーで働いているの。玲も小さいころ使ってたの覚えてる？　ノートも消しゴムも机も」

「覚えてるよ。ナナちゃん消しゴム一個買うのにずいぶん悩んでたもんね。ピンクにしようかそれとも、こっちの猫のキャラクターのにしようか……」

当時のことを思い出したのか肩を小さくゆらしながら玲が笑う。

「もう。変なことだけちゃんと覚えてる。そこでね……彼に出会ったの」

七瀬が話をしたかった本題に移る。

「経理課の私が、彼の出してくる伝票に文句をつけたのが最初でね。社内でも人気の彼だったから、最初誘われた時は『誰かと間違ってませんか？』って聞いちゃった」

はじめは警戒していた七瀬も何度も誘われて、最後は〝ほだされた〟というのが正しいだろう。

しかし、三年間でお互いのことを深く知るにつれ、これからのふたりの人生を重ねていきたいと思うようになっていた。

——つい先ほどまでは。

ここまできて饒舌に話していた七瀬の声が、途切れ途切れになる。

「私、何が悪かったのかわからない。自分なりにできる努力はしてきたつもりだし」

社会人になってからは仕事が忙しく家事などほとんどしてこなかった七瀬が、敬介と一緒に暮らすために必死で努力した。

彼もそれを認めてくれているのだとばかり思っていたのに。

「誕生日にただケーキを押しつけて、婚約破棄するほど私が嫌だったのかな……？　これからどうしたらいいと思う？　お父さんやお母さんにも話をしないといけない。それに会社だって正直いづらい。式場もキャンセルしなきゃ……あっ」

一番差し迫った問題があった。

「住むところもない……」

そこから言葉が続かずに、再びうるんできた目をごまかすように、グラスの中のワインを一気に飲んだ。

「もう、やになっちゃ——」

七瀬の言葉は途中で遮られた。

次の瞬間、七瀬の体は玲の腕の中にあったからだ。

「いやだっ、ちょっとやりすぎ……」

思っていたよりも広い胸に抱かれて、心臓がドクンと音を立てた。

急いで身をよじってみたが、玲の腕にはますます力がこもって抜け出すことができない。

「玲？」

「ナナちゃん、僕が幸せにしてあげるって言った言葉、嘘じゃないから」

「え？」


「僕がその恋、忘れさせてあげる」


玲の瞳が熱く輝く。

「だから全部僕にまかせて。約束どおり僕にナナちゃんの全部をちょうだい」

七瀬が口を開こうとしたその瞬間——

玲の熱い唇が、七瀬のそれに重なった。

「——ン…っ——！」

さっきまでのスキンシップとはわけが違う。

突然強く押しつけられた唇の感覚に戸惑い、必死で玲の胸を両手で押しのけようとするが、びくともしない。

反対に力をこめられて少しの隙間もないほどに抱きしめられ、熱いキスが続く。

「ん……ダメっ。ちょっと待って」

どうにか言葉を発した七瀬だったが、それを無視するように唇を食《は》まれる。

角度を変えて玲から与えられる激しいキスは、どんどん七瀬の息を上げていった。

「ごめん。でも十分待ったから。これ以上はもう僕、我慢できない」

玲が下唇だけくっつけた状態で吐息交じりの声を発すると、七瀬の体を何かが駆け上った。

それがなんだかわからない七瀬ではなかった。むしろ、わかっているからこそ玲の唇を受け入れるわけにはいかない。

「こんな……だって私たち今日十七年ぶりに会ったんだよ」

どうにか玲と距離をとり、首を横に激しく振りながら言う。

「そう、十七年も待ったんだ。そろそろあの日の約束を果たしてほしい」

（あの日の……）

玲が言っている〝あの日〟がいつのことだか七瀬も思い出していた。

あれは、玲がニューヨークに発つ前日。

その日は無理を言って、玲は七瀬のうちに泊まっていた。

七瀬が中学生になったころから、お互いの家に泊まることはなくなっていたが、ふたりのたっての希望で両親も「最後だから」と許可したのだ。

七瀬の狭い部屋に布団を並べて横になり、お互いの手を握って遅い時間まで話をしていた。

『ナナちゃん、僕のお嫁さんになってくれる？』

出会った頃よりもずいぶん大きくはなったが、玲はまだ子供なんだなと中学生の七瀬は思った。

『いいよ。大人になっても玲が私のこと好きでいてくれたら、玲と結婚してあげるよ』

明日別れる玲へ、七瀬があげられる最後の言葉だった。

『本当に？　絶対だよ。約束だよ！　ナナちゃんの全部、僕にちょうだい』

『わかった。全部あげるよ』

七瀬は深い意味はわかっていなかったが、玲が望むものなら差し出してもかまわないと思った。

玲は満面の笑みを見せたあと、左頬に〝チュ〟と小さなキスをされた。

安心した顔をして寝息を立て始めた玲の顔を見つめながら、七瀬も眠りに落ちたのだった。

「でもあんな子供の頃の約束――」

「ナナちゃんは僕に絶対嘘つかないでしょ？　それともあの時言ったこと嘘だったの？」

玲の瞳に一瞬にして悲しみが滲む。

「違う、だけどこんな急に……」

「さっきも言ったけど、急になんかじゃない。十七年――やっとこの日が来たんだ。僕は今日こそナナちゃんを絶対逃がすつもりないから」

七瀬をまっすぐに見つめて、はっきりと言い切る。

すると体が離れた。七瀬も体勢を立て直そうと体を起こす。

しかし、次の瞬間には玲にひざ裏と背中に手を回され、抱き上げられていた。

「ちょっと——」

抗議しようとする七瀬の額に〝チュ〟と小さなキスを落とし、ずんずんと歩く。

ひとつの部屋の前までくると、乱暴に足で扉をあけた。

部屋の中央にダブルサイズのベッドがひとつあり、ほかにはサイドテーブルとフロアランプだけのシンプルな部屋だ。

そこにあるベッドに、優しく横たえられた。

「玲——」

それでも抵抗を見せようとする七瀬の口を、玲の骨ばった人差し指が止める。

「お願い。もう何も言わないで」

熱のこもった真剣な目。その目で見つめられるとなんでも許してしまう。罪な瞳——。

玲は横たわっている七瀬の上をまたぐようにして、ベッドにのった。

肘《ひじ》で体を支えている七瀬の手をぎゅっと上から握り、触れるだけのキスを顔中に落とす。

こめかみ、目じり、鼻、そして耳。

熱い吐息がかかるだけで、体が震える。

「昔から、耳弱かったもんね」

玲はとろけるような声色でささやくと、耳たぶを甘嚙みした。

「ん……や、そこ、しないで」

くすぐったくて、肩をすぼめるが「ダーメ」という言葉が返ってきて、右耳全体をにゅるりと濡れた感覚が襲う。

「おね……がいっ、ダメなの」

執拗な耳への愛撫に体内の熱がどんどん上がっていく。

「本当にダメ？」

甘えるような声。玲はどうすれば七瀬がダメだと言わなくなるか十分知っているのだ。

（どうしよう、どうしよう。玲といきなりこんなことになるなんて……）

七瀬の中で冷静な人格と、すでに熱くなっている人格が攻防を繰り広げる。

指で唇がなぞられていたかと思うと、すぐに濡れた唇にふさがれる。

今までよりも荒々しいキスに、体の奥がどうしようもないくらい痺れる。

空いていた手で左耳をくすぐられた。

「やぁ……ん」

恥ずかしい声を漏らした瞬間、薄く開いた口から玲の舌が侵入してくる。

隠れるように奥にあった七瀬の舌は、すぐに玲にみつかり引っ張り出された。

まるで味わうような舌の動きに、七瀬の思考はすでに停止しかけている。

「はぁ、あふぅ」

息が上がる。それなのに玲はやめてくれない。口からあふれ出した唾液が七瀬の頬を伝って首筋まで流れ落ちている。

そうこうしていると、背中に指が触れる感触がした。

（あぁ、ダメなのに）

次の瞬間、玲はすばやくワンピースのファスナーを外し、こともあろうかあらわになったブラジャーのホックまではずしてしまう。

今まで身体を締めつけていたものが一気になくなり、心もとない。

慌てて服の前を押さえようとするが、それも玲の手によって阻まれた。

「今日は僕の好きにさせて。ナナちゃんはただ気持ちよくなってくれれば、それでいいから」

抵抗を試みるが、それはすべて玲のキスで阻止された。

ワンピースは肩からはずされ、優しく袖が抜かれる。

かろうじて引っかかっているブラジャーの隙間から、玲の指が侵入してくる。

「いやっ」

玲の指が赤く尖った先端を最初にとらえた。

「ここ、いい？」

「嫌って言ったのに。『いい？』なんて、玲はいじわるよ」

「だって、ここは『いい』って言ってるんだもん。ナナちゃんの口からも聞きたい」

会話の間止められていた、玲のイタズラな指が動きを再開する。

「あ、やあん、あ……ちょっと」

「待たないよ。これ取っちゃおうね」

同意を求める言い方だが、七瀬の意志など関係なくブラジャーが外される。

完全にあらわになった、白いふたつのふくらみを玲は嬉しそうに眺めている。

さっきいじられた左の胸は、手のひらで全体を包み込むように覆われ、時折指や手のひらで先端を刺激されるたびに声が上がる。

そちらにばかり気をとられて、気がついたときには反対側を玲の口に含まれる寸前だった。

「ん……はぁん……あっ」

不意に与えられた刺激に高い声を上げてしまう。

それを聞いた玲は満足そうに、ざらつく舌で赤い実にイタズラしながら、くぐもった笑いをもらした。

「ナナちゃん、これも好きなんでしょ？」

（そんなこと答えられるわけない……）

ブンブンと頭を振って答えるのが精いっぱいだ。唇を噛んで、これ以上自分のなまめかしい声が部屋に響かないように努力する。

「うそつき。こんなにさせてるくせに」

キュッと先端をつままれると、体がビクッと震えた。

「そう。じゃあこっちのほうが好きなのか……」

すると太腿《ふともも》に玲の手が添えられる。

「玲、そこはもう、本当にダメなんだからっ！」

慌てて先に進もうとする玲の手を止めようとするけれども、快感に震え力が入らない。

「大丈夫だから僕にまかせて」

甘い笑顔でそう告げた後、ひとつキスを落とすと胸への刺激を再開した。

パクリと含まれ、転がされた〝そこ〟から、七瀬の体をかけめぐる快感は玲の手を防ぐことを忘れさせた。

押し倒されるようにベッドに寝かされていた、七瀬の腰が上げられた。

「あっ」と思ったが時すでに遅く、タイツと一緒に下着を脱がされる。

「んっ！　ううーん」

抵抗しようと声を上げようとするたび、玲に唇をふさがれる。

「好きだよ。ナナちゃん。大丈夫、今日は最後まではしないから」

そうつぶやくと、玲の骨ばった指が七瀬の薄い茂みをかきわけた。

（やだ、今触られたら……）

そう思ったところで、すでに玲によって骨抜きにされている七瀬が抵抗などできるわけもなく、指の侵入を許してしまう。それもすんなりと。それがよけいに七瀬の羞恥心をあおった。

「ナナちゃん。すごいことになってる」

玲の艶のある嬉しそうな声が耳に入る。七瀬にもそこがどういう状態か自覚があった。しかし、それをあえて口にされると顔から火が出そうになる。

「やだ。言わないで」

恥ずかしくて、それ以上の侵入を許さないように内腿に力を入れるが、そこにある玲の手を挟み込むだけで、七瀬が期待した効果などまったく得られなかった。

それどころか腿に挟んだ手がより奥をめざそうとして動くと、力を入れておくことさえできずに、与えられた刺激に体が震える。

「あ、……はぁん」

玲の指はしなやかに動いて、七瀬の濡れそぼった割れ目に侵入する。

そこから上がる水音がさらに大きくなる。同時に下半身に感じる快楽もどんどん増していった。

「あん、はぁあ……」

ふいに花芯に触れられて、背中が大きくのけぞる。

玲は七瀬の足を大きく開かせると、その反応を楽しむように何度も同じ行為を繰り返した。

（ど……うして、こんなに……）

敬介やそれまでの彼氏とも、こういうことがなかったわけじゃない。でも、こんなに感

じてしまったのは、初めてだった。

ただ指でやさしく触れられているだけなのに、体の奥から湧き上がる愉悦を我慢することができない。

しかも相手はきちんと付き合っている相手ではなく、小さい頃を知っている幼馴染み。

頭で考えることと、体で感じることがこうも違うなんてこと、今まで経験したことがなかった。

「ん……あぁああっ……」

花芯と戯れていた玲の指が、するりと七瀬の中に侵入してきた。

「入ったね。もういい感じになってる」

そう言いながら探るように指を動かす。

「あぁあ……いやダメ……そこぉ」

ある一点を見つけた玲は「昔から素直じゃなかったよね」と笑いながら、同じところばかりを攻めてくる。

「もう、……意地悪しないでぇ」

目に涙が浮かぶ。こんな私見られたくなかった。

「意地悪なんかひとつもしてないでしょ。ただ素直に感じてくれればそれでいいから」

耳元で言葉を紡いでいた唇が、すぐに七瀬の唇に重なった。

押しつぶされるような激しいキスと同時に、指での刺激も加速する。

「ん……っふうっ……」

激しい口づけが終わった瞬間、耳元で玲がささやく。

「さぁ、イって……」

指の動きがますます激しくなる。

「あぁぁあん……いやっ……」

せりあがってきた愉悦に逆らえずに、背中をのけぞらせ、一層高い声を上げた。

「ふふっ。かわいい」

何とか開いた目で見たのは、嬉しそうに笑う玲の顔。

「今日は好きなだけイっていいよ」

そのセリフに体が震えた。

この日、昔飼っていたかわいい小型犬が戻ってきた。

大型の――しかも、狩猟犬になって。

第二章　私たち、結婚する……の？

寝返りが何かに阻まれて上手に打てない。

目を開けると、そこにはいつも隣にいるはずの人とは違う顔がある。

はっとして思わず距離を取ろうとしたが、がっちりと腕に抱かれていてそれさえもままならない。

息をひそめて、まずは心を落ち着かせることにした。

目の前の男はスースーと安らかな寝息を立てていて、時折口をむにゃむにゃと動かしている。

とても気持ちよさそうだ。

（玲……）

約束通り昨日は最後まではしなかった。だが、七瀬にとってはあんなことまでしていれば、意味はほとんど一緒だった。

婚約者に逃げられて、その数時間後に違う男に体中を溶かされた。

そしていまだにその人の腕の中にいるなど、今までの七瀬であれば考えられないことだ。

玲が無理矢理したわけではない。七瀬が受け入れたのだ。

誕生日にひとりでいたくなかったというのも理由のひとつだが、でも誰でもよかったわけじゃない。

自分の行動と思考が全く理解できない。

考え事をしていたせいで、すぐ目の前の玲の顔が、さっきよりも近くにあることに気がつかなかった。

次の瞬間、玲の形のいい唇で七瀬のそれはふさがれていた。

驚いて距離をとろうとして手で胸を押しやると、思ったよりも簡単に離れた。

最後に舌でペロリと唇をなめられたけれど。

「おはよう。ナナちゃん」

「おはよう」

お日様のような笑顔は、まだ薄暗い室内では眩しすぎる。

七瀬は玲の腕から抜け出すと、毛布で体を隠しながらベッドの下でくしゃくしゃになっている、下着やワンピースを拾い集めた。

「シャワー貸してね」

「部屋出てすぐの扉がバスルームだから」

ベッドの中で肘をついた姿勢で玲が答えた。

（ちょっと気分をリセットして落ち着かないと）

服を抱えたまま、バスルームに向かいひとりの時間を確保した。

頭からシャワーを浴び、丁寧に洗う。

バスルームの鏡に映った自分の顔は誕生日を迎えたからといって、そうそう変わったわけではないけれど、玲によってつけられた胸元の赤い印が〝昨日までの自分〟とは違うのだと主張しているように思えた。

指でなぞると、昨日の記憶が鮮明に思い出される、いや、正直に言うと途中からの記憶が曖昧で自分がどんなことを口走って、どんなことをしていたかわからない。

ぶるぶると頭をふると水滴がバスルームに飛び散った。

気まずいけれど一刻も早くここから出ていかなければならない。両手で頬をバチンとはさむ。

気合いを入れた自分の顔を確認して、バスルームをあとにした。

洗面台を見ると、ふかふかのバスタオルとドライヤーが準備されている。

しっかりとドライヤーをかけて服を着たあと、物音がしているリビングへと足を踏み入れた。

入ってきた七瀬を見つけると、玲が背をかがめてカウンターキッチンの奥から、ほほ笑む。

「ナナちゃんはミルクティーでいいよね？」

マグカップを持ち上げるしぐさをみせた。

「ありがとう」と返して、ダイニングのテーブルにつく。

すぐに目の前に差し出されたマグカップを受け取って両手で包み込み、ふぅふぅと息をかけて少しさます。

ひと口含むとほどよい甘さが広がりホッとする。

「ナナちゃんあれ作って」

「ん？」

甘いミルクティーに視線を向けていた七瀬が顔を上げた。

「あれ、卵かけごはん」

「卵かけごはんって小さい頃一緒に食べた？」

ブンブンと頭を縦にふる玲。

「あんなの誰にでも作れるのに」

「そんなことない。僕の卵かけごはんはナナちゃんにしか作れないから」

オーバーだとは思うが、目の前にいるかわいらしい玲にねだられると、それぐらいしてあげようかと思ってしまう。

炊飯器が〝ピーピー〟という音を鳴らし、ご飯が炊けた合図が聞こえて、七瀬はゆっくりと席を立ちキッチンに向かった。

「冷蔵庫あけるね」

玲に一応断りを入れる。

中を見ると、ミネラルウォーターとビール。オレンジと牛乳と卵。

そこから少しは自炊をしている様子がうかがえた。

卵をとって調味料を探していると、それに気づいた玲が「そこ」と引出しを指さした。

ボールに卵を割り入れてお箸でとく。

そこに少しのお醤油とうまみ調味料を入れて再度かき混ぜるだけ。

ご飯をよそおうと思ったけどお茶碗がなくて、カフェオレボウルにご飯を盛りつけて真ん中をくぼませた。

そういえばさっき引出しに鰹節があったたな。玲はあれが大好きだったはず。

ご飯のくぼませたところに、鰹節を振り入れ、そこに卵を流し込んだ。

その様子を食い入るように見ていた玲から「うわぁ」と感嘆の声が上がり、七瀬は思わず「大げさだ」と笑ってしまった。

お箸を持ってダイニングで待っている玲の腰のあたりに、ちぎれそうに振られている〝しっぽ〟が見えたのは気のせいだろうか。

「お待たせ」と差し出すと、「いただきます」と言うやいなや、待ってましたとばかりにぐるぐるとかき混ぜて、一気にほおばった。

そのしぐさがまだ幼かった玲と重なる。

七瀬も一緒に卵かけごはんを食べた。

七瀬がまだ半分も食べていないのに、すでに玲は食べ終わったのか「おかわり！」と催促された。

ご飯粒を頰につけている玲がおかしくてくすくすと笑い、すぐにおかわりを準備する。

（ご飯粒をとってあげるのは、全部食べ終わってからにしよう――）


食べ終わると食器は玲が手際良く片づけてくれた。

七瀬はその様子を見ながら出されたお茶をゆっくりとすすっていたけれど、そろそろ話を切り出さなければと考えていた。

すると、自分のぶんのお茶を持って玲がこちらに来た。

七瀬は、すぐに話しはじめようとしたが、玲のほうが数秒先に口を開く。

「で、いつ引っ越してくるの？」

「は？」

思いもよらないことを言われ、言葉が続かない。

「だから引っ越しはいつ？　もう今日やっちゃう？」

お茶をすすりながら上目遣いで尋ねてくる。

「ちょ、ちょっと待って、どうして私と玲が一緒に暮らすのよ？」

「どうしてって、結婚するなら当たり前でしょ？」

「け、結婚――!?」

「え、なになに？　なんでそんなに驚いているの？」

〝びっくり〟の七瀬に、〝きょとん〟顔の玲。ふたりの間に認識の違いがあるのはあきらかだった。

「ちょっと待って！　どうしていきなり……」

七瀬の態度に、玲は明らかに不満顔になる。

「いきなりってどういうこと？　昨日僕にあんなことまでさせておいて」

唇を尖らせる玲に、七瀬が真っ赤な顔で反論する。

「だってあれは、玲が勝手にやったことでしょ」

「ひどい！　そうやって僕をもて遊んで捨てるつもりだったんだ！」

テーブルに突っ伏して今にも泣きだしそうな玲を見て、七瀬は慌てる。

「そんな、もて遊んでなんかないよ。誤解だよ」

「じゃあ、結婚してくれる？」

伏せていた顔を少しだけ上げて、ちらりと七瀬を見る。

七瀬が返事に詰まると、また顔をテーブルに押しつけた。

「やっぱり、僕のことなんて遊びなんだ……」

そして肩を震わせた。

（そもそも、遊ばれた感があるのはこっちなのに……）

七瀬は突っ伏している玲の腕に手をかけて、起こそうとするが頑として動かない。

昨夜のあの艶っぽい玲と、いま目の前で駄々をこねている玲が同一人物なんて到底思えない。

「責任取って僕と結婚してくれる？」

顔を上げて上目遣いで聞いてくる。

（その目、反則！）

「……でも、いきなり結婚なんて！」

「ナナちゃんは遊びで、ああいうことできないでしょ？」

「あ、えっと……それはもちろんそうだけど……」

にやりと玲が笑う。

「っていうことは、僕と結婚してくれるんだよね？　やったー！」

そう言ったかと思うと、七瀬に抱きついてキスで口をふさいだ。

反論しようにも、口をふさがれていてはどうしようもない。

七瀬が解放されたのは、息も絶え絶えになった頃。ぐったりした七瀬にごきげんの玲が言う。

「――で、引っ越しはいつにする？」

ニコリとほほ笑む玲が、悪魔に見えたのは気のせいだろうか。

＊　　＊　　＊

玲は七瀬を高級ハイブリッド車の白いＳＵＶに乗せ、自分は運転席に座る。

「さぁ引っ越しだよ〜、マンションの場所教えて」

「でも、玲……」

「いいからナナちゃんの荷物が別の男の部屋にあるっていうだけで僕が嫌なんだ。早く教えて！」

押し切られた形だが、確かに敬介の部屋からは一刻も早く荷物を持ち出さないといけない。

あきらめて、敬介のマンションまでの道案内をはじめた。

しばらくして、一年ほど住んだマンションに到着する。

「一緒にいこうか？」という玲に首を振り、ひとりで車から降りた。

(これは自分のけじめだから、ひとりでいかなきゃ)

「きちんと気持ちの踏ん切りつけてきてね」

口調は優しいけれど、真剣な目で玲が言う。

「わかった。いってきます」

車から降りてエレベーターへと向かった。すぐに気持ちを切り替えるなんてきっと無理だ。でも、そのきっかけだけでも作りたい。そう決心して七瀬は鍵をあけて部屋の中へ入った。

そこは昨日外出した時のままだった。

とにかく自分の私物をスーツケースに詰めはじめる。

(そういえば敬介の出張の予定も知らなかった)

ふたりの関係がどれほど希薄になっていたかを物語っているのが、今ならわかる。

皺になりそうな服もあったが、今はそれを気にしてはいられない。

収納の少ない作りの部屋だったので、今シーズン着る服だけがこの部屋に置いてあった。

すぐに片づくほどの荷物。

洗面所で化粧品をかき集めても、たいした量にはならなかった。

(たったこれだけか……)

どれほど大変な作業になるのかと思っていたけれど、案外早く終わった。

ふたりで買い揃えたものたちが、こちらを見ている気がしたが、その処分については敬介にまかせることにした。

(私だけ片づけをするなんて、そんなのおかしい)

恋に終わりが来たら、ふたりで片づけるのが正しいはずだ。

最後にコルクボードにさしてあったふたりの写真と、ポケットに入っていた〝似合わない〟ピアスをゴミ箱に捨てた。

部屋に鍵をかけて、ポストへ落とす。

——そうして三年間の恋を無理矢理終わらせた。

ゴロゴロとスーツケースの音をたててマンションのエントランスを出ると、玲が車にもたれて立っていた。

七瀬を見つけると、すぐに駆け寄ってきてスーツケースを持ってくれる。

その時に手が触れて、あまりの冷たさに驚いた。

「玲、いつから車の外にいたの？」

時計を見ると、早く終わったと思った作業でも一時間以上経過している。

「ん〜いつからだっけ？」

二月の寒空の下、コートを着ているとはいえ、外で待つのはつらかったのではないだろうか。

「もう手がこんなに冷たい。バカなことしないで。風邪でも引いたらどうするの？」

玲の手をとって、両手で包み込む。

「でも、そのおかげでナナちゃんから手をつないでくれた」

目じりに皺を寄せて笑う玲に「ありがとう」と言うと、「どういたしまして」と返ってきた。

そのままマンションに向かうのかと思えば、車が到着したのは大型ショッピングセンターだった。

「必要なものいろいろあるでしょ？　お揃いのお茶碗とか、お揃いの湯呑みとか――」

「なんで全部お揃いなのよ……」

玲の妙なテンションについていけない。

「あぁ、でも新妻の必須アイテムのエロい下着はお揃いにできないなぁ、残念」

「な、なに言ってるの⁉　もう行くよ！」

正々堂々恥ずかしいことを言わないでほしい。

「ナナちゃーん。恥ずかしかった？　顔赤いよ。お布団は買わなくてもうちにあるからね」

後ろから大型のカートを押して走り寄ってくる玲に「もう知らないっ！」と七瀬は冷たく返した。

確かに玲の言う通り、買い揃えなければいけないものがたくさんあった。

冗談だと思っていた〝お揃い〟は、どうやら本気だったらしく、カゴの中には色違いのものが全部二個ずつ次々と放り込まれた。

会計をする頃には、空っぽだった大きな買い物カートがいっぱいになった。

食料品売り場で、玲のリクエストを聞いて夕飯の材料も買い、ふたりで荷物を積み込む。

「食べて帰ってもよかったのに」

「でも、ご飯ぐらいは作ってあげたいの。今日のお礼」

すると玲は、少し唇を尖らせた。

「お礼なんていいのに。なんか他人行儀だ」

すねる玲に慌てて自分の気持ちを説明する。

「ちがうの。そういうんじゃなくて。本当に感謝してるの。玲のおかげで私、あんなことがあった翌日なのに、ちゃんと笑えてるから」

「ナナちゃん……」

「だから、私からの〝ありがとう〟の気持ち受け取ってくれる？」

玲が満面の笑みを浮かべた。昔から七瀬の好きな笑顔だ。

「うん。じゃあ夜の〝ありがとう〟は何してくれるの？」

「もう！　玲！　早く車運転して！」

七瀬は、玲の二の腕をバンっとたたく。

「ＯＫ。早く帰ってナナちゃんの手料理もナナちゃんも、いただきまーす」

「玲‼」

ふたりを乗せた車は、これからふたりで住むことになるマンションへと帰っていった。

夕飯は、玲のリクエスト通りのハンバーグを作って、サラダと野菜のスープを添えた。使い勝手がいいシステムキッチンではあったが、まだ慣れていないために時間がかかる。そんな必死の七瀬の姿を見ながら、玲は「エプロン買わなきゃ。白いフリフリの」とカウンターで頬杖を突き、ニコニコしていた。

向かい合ってとる食事は、離れていた時間をまるで感じさせない楽しいものだった。

日本を離れてからの、ニューヨークでの生活のこと。小さい頃の思い出などについて話していると時間はあっという間にすぎてしまう。

食事が終わり、食洗機に使った食器をセットした。その間に玲が紅茶を淹れてくれる。今日買ったばかりのお揃いのマグカップを持ち、リビングに移動してソファに腰かけた。

熱そうな紅茶にふうふうと息をかけながら、今、最も気になっていることを玲に尋ねた。

「玲、私と結婚するって本気？」

思わず上目遣いでうかがうように聞いてしまう。

「もちろん本気だよ。ナナちゃんだって約束してくれたでしょ」

「でもそれは子供の頃のことで」

「子供の頃でもナナちゃんがした約束だ。それに、職場にも結婚するって伝えてあるんでしょう？　式の日取りまで」

「……そうだけど」

会社で、今回の敬介とのことをどう説明しようか考えると頭が痛くなる。破談になったと正直に言うしかないのだけれど……。

「じゃあ、相手が変わるだけ。会社には別に言わなくてもいいじゃない」

「そんなっ。そういうわけにはいかないよ。相手も社内の人だし」

「代わりに僕と結婚するから別にかまわないよ。それとも僕のことが嫌い？　再会したくなかった？」

玲の綺麗な瞳に悲しみの色が浮かんだ。

「ちがうよ。嫌いなわけないじゃない。私だって玲と再会できて嬉しいんだよ」

慌てて否定する。

「だけどね、結婚するってことは私たち夫婦になるんだよ。これからは幼馴染みでもない。恋人でもない。玲の戸籍に私の名前が記載されるってことの意味わかって言ってる？」

はぐらかすことができないように、オブラートには一切包まなかった。

すると、今までどこかやわらかい雰囲気をまとっていた玲の目が真剣になる。

「ナナちゃんが僕のものになるなら、僕の戸籍なんかドロドロに汚れたっていい」

玲の決意は、七瀬が思っていたよりも固く、ふたりの結婚について真剣に考えていたことがわかる。

「それに、僕は約束したあの日以来、結婚する相手はナナちゃん以外考えてないから。今さらナナちゃんが何を言おうと、逃がす気なんてさらさらない。ごめんね」

口では謝っているが、その目は不敵に光っていた。

「ごめんだなんて、全然申し訳なく思ってないでしょ？」

「ばれた？　じゃあ、話はこれでおしまい。キスしてもいい？」

「それと、これとは――」

「ダーメ」

玲は顔を近づけてきて唇を合わせると、七瀬が持っていたマグカップを取り上げた。

「ちょ……と」

鼻先だけがくっつく距離で見つめられる。

「夫婦になるんだから、スキンシップは大事でしょ？」

そう言うと、すぐに唇を食むようなキスをしてくる。

角度を何度も変えて、舌を滑り込ませてきた。息つく間もなくて、だんだん苦しくなってくる。

あえぐように呼吸をしながら名前を呼ぶ。

「あ、はぁ……れ……い」

もう体にほとんど力が入らない。キスでふやかされた七瀬は体を完全に玲に預けた。

「デザートいただきまーす」

嬉しそうに耳元でささやき、耳たぶを甘嚙みする玲のなすがままだった。

それからは……。玲に翻弄されながら、七瀬はふたりの関係について考えた。

今はもう幼馴染み……じゃないような気がする。かといって恋人同士でもない。だけど、自分はこういう〝はずかしいこと〟を受け入れてしまう。そしてそれが嫌じゃない。

一応、婚約はしていることになるのかな……？

だとすれば、ふたりの関係を言葉で表すとすれば——

結婚前提のセフレ⁉

いや、最後まではしていないし、そもそも婚約も玲に言われて断りきれていないという感じだ。

だとすれば『結婚前提のセフレ（仮）』が最も正しい。

そんな風に考えていられたのもつかの間で、すぐに玲のいやらしくうごめく指と唇、熱い体温で七瀬の思考も体もドロドロに溶かされていった。

*　　*　　*

「……ちゃん……ナナちゃん」

ゆさゆさと体が揺さぶられている。ゆっくり瞼を開くと至近距離に玲の顔があった。

「寝起きの顔もかわいい～」

「もう、いい加減にしてっ」

嬉しそうになおも近づいて来ようとする玲を押し戻して、七瀬は起き上がった。

「おはよう。そろそろシャワーを浴びないと会社遅れちゃうよ」

七瀬が壁にかかっている時計を確認すると、確かにぎりぎりの時間だ。

「大変！」

いきおいよく布団をめくるが、何も身に着けてない自分に気がついてあわてて布団で隠す。

「必死で隠さなくてもいいのに」

「そんなわけにいかないでしょ。玲のエッチ」

軽く睨むが、どこ吹く風だ。

「見せたのはナナちゃんでしょ？　ナナちゃんのほうがエッチじゃん。昨日だってあんなに何回もイッ……」

玲の言葉はそれ以上続かなかった。七瀬の投げた枕が顔面に命中したのだ。

シャワーを浴びて、ダイニングに向かうと玲が朝食を準備してくれていた。

「目玉焼き、半熟だよね？」

「うん。ちゃんと覚えててくれてたんだ」

「ふふ～ん。偉い？　さぁ早く食べよう。車で送っていくよ」

よく焼かれたトーストに、半熟の目玉焼きとソーセージ。ミニトマトも添えられていて、七瀬の好きなミルクたっぷりの紅茶も準備されていた。

「玲、料理できるんだね」

小さい頃の彼からは想像できない。

「簡単なものならね」

「明日からはちゃんと私が作るから」

敬介は食事の準備にうるさかった。朝早く起きて、敬介が起きてくる頃には全て整えておくのが日課だった。

「嬉しいけど、別にナナちゃんだけがしないといけないわけじゃないでしょ。ふたりで食べるんだから、手の空いてるほうがすればいい。別に僕は身の回りのことをしてほしくて、ナナちゃんと結婚したいわけじゃないから」

確かに仕事が忙しいと、朝食作りさえも負担に感じることがあった。でも、食卓にきちんと朝食が並ばないと、敬介はいい顔をしなかった。

「でも……」

玲だってきっと同じようにしてほしいはずだ。

「朝ごはん頑張って作ってくれることよりも、一緒に〝おいしいね〟って食べることのほうが大事じゃない？」

玲のその言葉に頑張りすぎないでいいと言われた気がして、七瀬は嬉しかった。

「ありがとう、玲。明日は玲の好きな卵かけごはん作るね」

「やったー！」

子供のように喜ぶ玲を前にして、七瀬の顔もほころんだ。

会社には電車で向かうつもりだったが、スーツケースからいろいろと引っ張り出しながらの準備にてこずって、時間がぎりぎりになった。結局玲に送ってもらうことにした。

玲は薄いキャメル色のスーツにトリコロールカラーのネクタイをしている。自分のキャラをきちんと理解して選んでいるようで、とても似合っていた。

助手席から運転中の玲に話しかける。

「私を送っても、ちゃんと仕事に間に合うの？」

「うん。僕の会社、ニューヨークが本社だから、フレックスなんだ。勤務時間もあってないような感じ？」

時々ナビを見ながらも、すいすいと運転する玲。なんだかその隣に自分が乗っていることが不思議だった。

思ったよりも混んでいなくて、いつも通りの時間に出社できそうだ。

車から降りると、玲が助手席の窓を開けた。

「送ってくれてありがとう。今日は遅くなるの？　夕飯作るつもりでいるけど」

さっきマンションの近くで開店準備をしているスーパーを見つけた。七瀬はそこで会社の帰りに買い物をしようと思った。

「うーん。またメールする」

「でも、連絡先……」

「あぁ、大丈夫。今朝ナナちゃんが寝てる間にお互いの連絡先登録したから。ダメだよ、ナナちゃん。暗証番号、自分の誕生日にしてたら。僕の誕生日に変えておいたから」

「えっ⁉　ちょっと……」

「じゃあ、仕事頑張ってね！」

七瀬の言葉を最後まで聞くことなく、車が発進した。

小さくなっていく玲の車が見えなくなるまでなんとなく眺めていると、後ろから声をかけられ驚きで背筋が〝ビクッ〟となった。

「ちょっと、七瀬？」

振り向くとそこには訝しげな顔をした同期の織田《おだ》より子が立っていた。

「よ、より子。おはよう」

よりにもよって……そう顔に書いてあるのが自分でもわかった。

「今の誰、どういうこと？　どうして私の知らない男の車で出勤してくるの？」

マシンガンのように問い詰められて、その勢いに思わず一歩後ずさる。

「それがいろいろとあって……」

「始業時間までまだ時間があるわ。しっかり話してもらうからね」

（より子に隠すつもりはないけど、こんなに早くに話さなければいけなくなるなんて）

腕を引っ張られて引きずられるようにして、ロッカールームに連れていかれた。

「え、えぇーーっ！」

より子の声がロッカールームに響く。普段冷静なより子がここまで驚くとは思ってもみなかった。それほどこの週末、自分の身に起こった事件は衝撃的だったのだと、彼女の様子を見て七瀬は再度認識した。

「で、別れた理由は？」

「それが……」

「ちゃんと聞いてないの？」

コクンと頷く七瀬により子は〝はぁー〟と大きなため息をついた。

「そこ、一番大事なところだから。七瀬はしっかりしているように見えて、肝心なところではビビりなんだよね。どうせ『理由なんて聞いても仕方ないから』とか『これ以上みじめになりたくない』とか考えたんでしょ」

より子の言う通りで、七瀬は昔から困難なことがあるとそれを避けるようにしてやり過ごしてきた。

失敗しそうになると、たとえ遠回りになろうとも安全な道を選んできたし、周りに迷惑をかけないようにしてきた。

「で、どうしてそれがいきなり別の男の車から降りてくることになるわけ？　で、車の男の人とはどういう関係？」

「どういうっていうか……簡単に言えば」

「簡単に言えば？」

なかなか話を続けられない七瀬に、白黒はっきりさせたいより子が続きを催促する。

「結婚前提の……セフレ？」

より子は目を点にして、フリーズしてしまった。しばらくして目をしばたたかせると、ゆっくりと口を開いた。

「……は？　もう一回言って」

「だから、結婚前提のセフレ？」

同期で入社したときから知っているより子のこんな間抜けな顔は、今まで見たことがない。

「ちょっと、待って。いろいろ整理したいんだけど」

こめかみのあたりを押さえているより子を見ると、いかに自分の置かれている状況が奇想天外なのかがわかる。

「あの、この続きはまたあとにしない？　もうすぐ始業時間だし」

「そうね。今はこれ以上話を理解できるとは思えないから、今日はランチ岬亭《みさきてい》ね。七瀬のおごりで」

ロッカーに鍵をかけながらより子が言う。

「え、どうして私がおごるのよ」

「この私をここまで動揺させた罰よ、午前の仕事とちったらデザートもおごりよ」

びしっと指をさしながら言われ、その迫力に押されて「はい」としか答えられなかった。

ロッカールームから出て、ひとつ上の階の総務部経理課に向かう。

「おはようございます」

フロアに入るときに大きな声で挨拶をする。これが七瀬の仕事スタートの合図だ。

席に着くとすぐにパソコンの電源を入れて、パスワードを入力しロックの解除をした。

金曜の退社後に提出された伝票を整理しながら、今日一日のスケジュールを頭の中で軽く立てる。

ふと甘い香水の香りがして顔を上げると、そこには総務課の早川沙月《はやかわさつき》が立っていた。

目が合うと、鼻で笑われたような気がした。口角をきゅっと上げて見下すような嫌味な笑顔だ。

（いったい何なの？）

沙月とはもともと相性があまりよくない。普段からできるだけ近づかないようにしている。

いや、最初関係はそこまでひどくはなかったのだ。しかし、どういうわけか彼女には嫌われてしまった。

沙月が入社してきた当時、総務課の人手が足りなくて、たびたび七瀬は総務の業務にも駆り出されていた。

副社長の娘だというのは入社と同時に周知の事実になっていたが、それについてはオプションと考えて、他の新入社員と同等に指導していた。

おいしいランチのあるカフェや、おすすめの居酒屋だって教えた。

七瀬にしてみれば、新入社員が早く会社と仕事に慣れるように気を遣っていたつもりだったが、沙月にとっては違っていたようだ。

というのも、ある日七瀬と仲の良い同期の男性社員に言われたのだ。「早川をいじめるな」と。

まるで身に覚えのないことを言われて、本当に戸惑ったのを覚えている。

話を聞いてみると、沙月がそう話したとのことだった。今でも何が理由で彼女がそんなことを言ったのかわからない。

ちょうど人事異動の時期で総務にも新しい人員が配置されたので、七瀬はそのまま沙月とは距離をおくようになった。

それ以降、沙月は七瀬にはあからさまに厳しい態度をとるようになって今に至る。

今日も明らかに不躾な態度を取っている沙月が、やっと立ち去って行った気配を感じて、ほっとひと息つく。まもなく総務課のあたりから取り巻き三人衆に囲まれて楽しそうに話をしている声が聞こえた。

本来ならば始業時間前であっても、オフィスで集まって話し込むなどということは社会人であれば自粛するはずだ。上司の目だってある。

しかし沙月はその〝上司の目〟さえも気にしない。誰がわざわざ好き好んで副社長の娘に説教をするだろうか。彼女もそれをわかってやっている。

もしここにより子がいれば、舌打ちのひとつでもしているだろう。

（朝から気分が悪いな……）

ため息をついて、整理した伝票の入力をさっそく始めた。

「会議に行ってくる」と課長が告げて席を立った。

すると、それを待っていたかのように向かいの席の後輩、西本《にしもと》が声をかけてきた。

「妹尾さん、俺聞いちゃったんですけど……」

「ん？　何を？」

「うちの会社やばいらしいーっす」

「えっ⁉」

大きい声が思わず出てしまう。西本は口に人差し指をあてて「シー」と言っている。

「大きい声出しちゃ、ダメですよ」

「ご、ごめんね。あまりにも驚いて」

ふたりでパソコンの陰にかくれてひそひそと話す。

「俺も信じたくないんですけどね、なんか副社長がいろいろ動いているらしくって」

「副社長？　確かに業績が悪いのは事実だけれど、会社が傾くほどじゃないでしょ？」

経理課は決算関係の業務にも携わっている。実際に前期の九月の決算は赤字だったが、今期二月の時点でそこまで大きな赤字が出ているとは思えない。

「上層部でいろいろごたついてるみたいですよ。持ち株がどうとかこうとか」

「西本君、仮にも経理課の人間が大事なところを〝どうとかこうとか〟じゃ困るんだけど」

軽く睨むと、「さーせん」と全然反省してない態度が返ってきた。

お互い席に戻り、仕事を再開した。

しかしさっき聞いたことが気になってしまう。

七瀬は元々税理士になりたくて、大学時代はダブルスクールに通っていた。

大学三年の時に受験資格を得てやっと受験したが、やはり一発合格とはいかずに二科目だけの合格にとどまった。

本当はもう一度チャレンジしたかったが、新卒で就職してほしいという両親の願いもあって、周囲の就職活動に合わせて、七瀬もさまざまな企業の試験や面接を受けた。

両親をガッカリさせたくないことに加え、冒険することができない性格が七瀬を安定した道へと向かわせた。

そして縁あってここ、あさひ堂へと就職したのだ。

夢はあきらめてしまったものの今の仕事にはやりがいを感じているし、環境にも満足している。

何よりも、学生時代に税理士資格を取るために勉強したことを会社が高く評価してくれ、それを生かせる仕事を与えてくれたことに感謝していた。

その会社が危ないだなんて。フロアを見渡せば、今日もいつもと変わりなくみんなせわしなく動き回っている。

（こんなにいつも通りなのに……噂はあくまで噂なんじゃないかな……）

心配が杞憂に終わってほしいと願いながら、目の前の仕事を片づけるのに集中した。


昼休みになり、営業課のより子が約束通り七瀬をランチに誘ってきた。

「今日お弁当は？」

新婚で料理上手のより子はいつもならお弁当だ。

「今日は旦那さん出張なの。混んじゃうから早く行くよ」

スマートフォンと財布をコートのポケットに入れて、会社の近くの定食屋、岬亭へと急いだ。

店内は混み合っていたものの、ちょうどふたり分の席があいていたのでそこに座って注文をする。

ほどなくして七瀬の前にはサバ味噌煮定食。より子の前には親子丼定食が置かれた。

味もさることながら、ランチの時間にこの早さで提供してくれることも、ふたりがこの店を気に入っている理由だ。

「で、私なりに午前中にいろいろ整理したんだけど」

「仕事しながら？　今、営業課暇なの？」

西本に聞いた噂が頭をよぎり、そう尋ねる。

「そんなわけないでしょうよ。今月はただでさえ稼働日数が少ないんだから……ってそんなことはどうでもいいのよ。気になって仕事に集中できないから七瀬のことを先に解決しようと思って考えてたの」

解決、できるのだろうか？　当の本人でさえどうしてこうなったのかわからないのだ。

「で、『結婚前提のセフレ』って何よ？」

「ブッ！」

周囲に人がいるのに、大きな声でストレートに尋ねられて七瀬は口にしていた味噌汁を吹きそうになる。

「ちょっとそんな大きな声で……」

七瀬は周囲をうかがいながら、より子に注意した。

「ごめん。でもお堅い七瀬が『セフレ』なんて言葉を口にするから驚いちゃって」

「お堅いか……」

そして、より子に促されるまま、敬介に振られ玲に出会い、敬介のマンションを出たあと玲に拾われた話をした。

「じゃあ、久々に会った弟同然の幼馴染みとあっけなく一線を越えて一戦交えたわけね？」

うまいこと言う。でも実際はちょっと違う。

「一線は越えてないのよ。越えかけただけ」

「ん？　どういうこと？」

「最後まではしてないのよ」

小さな声で白状する。

「でも、エロいことはしたのね？」

「より子‼」

あけすけな物言いをたしなめる。

「でも、したんだよね？」

「まぁそうだけど」

「しかも、谷本さんの代わりに結婚するって？」

「代わりってわけじゃないんだけど」

自分でもどう答えたらいいのか、わからない。

(本当に結婚するのかな……？)

「まぁ、私、その玲君だっけ？　その彼との関係、否定はしないよ」

もっとダメ出しをされるかと思っていたのだが、反対に肯定的な意見が出て驚いた。

「だって、七瀬いつも慎重すぎるくらい慎重じゃない。その七瀬がこういう状況を抵抗なしに受け入れてるってことは、本能で判断してるってことでしょう」

「そうなのかな？」

「そうなの！　それに七瀬は、いつも嫌なことがあったら引きずるタイプでしょ？　今回は婚約破棄っていう人生で最も悲惨なことがあったのに、ほとんど落ち込んでないじゃない。それって玲君のおかげでしょう？」

より子に言われて考え込む。

「二十代最後の年なんだから、頭で考えないで本能に任せてみてもいいんじゃない？」

普通じゃない玲との関係の始まりに、どこか後ろめたさを感じていた七瀬だったが、〝いいんじゃない？〟が自分と玲の関係は間違っていないと背中を押してくれている気がした。


社に戻ると同時ぐらいに、七瀬のスマートフォンがメッセージを受信した。

暗証番号を入力したら、エラーが表示される。

(そういえば玲の誕生日に変えてあるって言ってたっけ？)

玲の仕掛けたかわいいイタズラが、離れている今でもその存在を近くに感じさせた。

玲の誕生日の【０９２８】を入力して、メールを読む。

【今日は八時前には帰れそうです。ご飯一緒に食べよう　玲】

【了解　七瀬】

【それだけ？　愛してるよとか、最低でもハートマークが欲しかったな　玲】

画面を見つめながら玲が唇を尖らせているのが想像できて、思わずくすくすと笑ってしまった。

「何かいいことあったんすか？」

西本に見られていたことに気づき、あわてて顔を引き締める。

「ううん。別にたいしたことじゃないの。さぁ、仕事仕事」

「ウィーっす」

＊　　＊　　＊

午後に銀行から社にもどった七瀬は、本当ならその日は会うはずのない人物にエントランスで出会ってしまう。

「――敬介」

「七瀬……」

土曜日に別れてから初めて交わす会話だった。

「……出張じゃなかったの？」

「あー、あれね。急になくなったんだ……」

目を全く合わせようともせずに、左耳を掻きながら七瀬に答えた。

（その癖……嘘つくときだ）

それぐらいはわかるほどの期間付き合ってきたつもりだ。そしてそれ以上突っ込んだら逆ギレされることも。

「そう。部屋のポストに鍵入れてあるから、じゃあ」

すたすたと横を通り過ぎる。

出張だとすぐにばれる嘘をついてまで、七瀬に早く部屋から出ていってほしかったのだろうか?

つい二日前まで付き合っていた相手の不誠実な行動を見て、七瀬は敬介への思いがどんどん冷めていくのを感じた。

嘘をつかれた悲しさよりも、そんな男と結婚まで考えていた自分の浅はかさにため息が漏れた。

悶々としながらする仕事は、疲労と失敗しか与えてくれない。

プリントアウトした資料を見て、また間違った箇所を見つける。

(もう三回目だ……今日は本当にダメだ)

集中力に欠けているこんな日は、今日しなければいけない仕事だけをして早めに退社するに限る。続けていてもよけいな仕事が増えるだけだ。

業務終了時間まであと四十分。なけなしの集中力で仕事をこなした。


(うー寒い)

お気に入りのキャメルのコートに身を包み、マフラーで口元まで隠す。

この間までイルミネーションでキラキラしていた並木道も、今は閑散としている。それがなんだか徐々に迫る夜の帳《とばり》の中、寂しさを煽《あお》っているようだった。

駅までの道のりを、足を速めて歩く。

同じように仕事を終えた人たちが、寒さに耐えかねたように駅へと駆け込む。

改札の手前で定期券を出して、立ち止まった。

（この定期ももう使えないんだ……）

敬介と住んでいたマンションと、玲のマンションとでは方向が全く逆だ。

（戸惑うことなんてない。恋がひとつ終わって、新しい一歩を踏み出すだけなんだから）

乗り込んだ車内で、ガラスに映る自分に発破をかけた。


駅からスーパーまでは歩いて三分ぐらいだった。

新しい店はわくわくする。子供のころは共働きの両親に代わって家事をこなしてきたし、料理は嫌いではない。

今日のメニューは寒いからお鍋に決め、買い物カゴに次々と材料を入れていった。

人参を手にして、ふと思い出した。

（玲、まだ人参食べられないのかな？）

食材と一緒に調理道具も何点か購入して、思いのほか重くなった買い物袋を持ちマンションへと急いだ。

部屋へ着くと、リビングの電気のスイッチを探してあかりをつける。

まだ慣れない部屋だが、玲が帰ってくるまでに料理の準備をしておきたい。

時間があれば荷物の整理だってしたい。しなくてはならないことが山積みだ。

ジャケットを脱いでハンガーにかけ、まだスーツケースに入っていた部屋着を引っ張り出して着替える。髪をサイドで束ねると、さっそく調理に取り掛かった。

しばらくすると、スマートフォンが玲からの帰るコールを知らせてくれた。

ほどなくして玄関のチャイムが鳴る。インターフォンに応対すると「開けてー！」と、どアップの玲の顔がモニターに映った。

（わざわざインターフォンを押すなんて、鍵を忘れちゃったのかな？）

急いで部屋の鍵をあけると、「あー寒かった」と言って、玲が勢いよく抱きついてきた。

「もう、玲、冷たい！」

頬ずりされて、外の寒さがわかる。

無理矢理引きはがして、温かいリビングへふたりで移動しながら尋ねる。

「鍵忘れていったの？」

「ううん。ちゃんと持ってるよ。ただナナちゃんに玄関でお帰りのチューしてほしかっただけ」

ニコニコと嬉しそうに言ったが、「あぁ！」といきなり声を上げた。

「扉開けたらナナちゃんがいて、嬉しくてテンション上がって〝チュー〟するの忘れてたっ！」

頭を抱えながら悔しそうに言うのが、おかしくて仕方ない。

「バカなこと言ってないで、早くご飯食べよう。今日はみぞれ鍋だよ」

キッチンから声をかけると「やったー」という声が返ってきた。

卓上コンロをテーブルの上において、土鍋を運ぶ。

玲が席に着くのを見計らい蓋をあけると、白い湯気がもくもくと立ち上った。

冷やしておいたビールで乾杯して、食事が始まった。

湯気の向こうに玲の笑顔が見えると、なんだか今日一日のモヤモヤが消える気がする。

誰かと食事を一緒にするって幸せなことだ。

(そういえば敬介とはこんな時間も最近はあんまりなかったな)

「ナナちゃん、どうかした？」

「ううん。何でもない。あっ！　玲、これ食べてないでしょ？」

玲の取り皿にハートの形に型抜きした人参を入れる。

「食べなきゃダメ？」

その情けない声で笑いそうになるが「ダメ！」と返した。

「ちゃんとハートの形にしてあるでしょ？　頑張ってひとつは食べようね」

子供に言い聞かせるようにすると、彼は目をつむってパクンと食べた。

玲は子どもの頃から人参が嫌いだ。昔もこうやって、いろんな形にしてあげると我慢して食べていた。七瀬は、こうして思い出の中の玲のことを考えると、不思議に心が落ち着くのを感じていた。

一緒に片づけを終わらせて、順番にお風呂に入った。

ファミリー向けのマンションだけあってバスルームも広く、バスタブでも十分足が伸ばせた。

久々に湯船につかってゆっくりすると、疲れが一気に癒やされる。

髪を乾かしリビングに戻ると、仕事をしていたらしい玲がパソコンをパタンと閉じた。

「まだ続けてていいよ。私先に寝るし、あ、そうだ。布団ってどこかな？　おとといも昨日も玲のベッドで寝たから――」

七瀬の言葉を笑顔の玲が遮る。

「ないよ。それにあれは僕のベッドじゃなくてふたりのベッドだからね」

驚く七瀬とは対照的に、玲は当たり前だという顔をしている。玲の言葉に七瀬はしばし絶句した。その後、我に返って玲に反論する。

「じゃあ玲が布団は買わなくていいって言ったのは……」

「うん。僕のベッドで一緒に寝るんだから必要ないでしょ？」

「必要です！　だって玲と一緒のベッドにいると毎回――」

「毎回なに？」

一瞬にして玲の目の色が怪しく光った。

こうなると玲の放つ男の色気がより濃くなるのを、今日までの二日間で理解している。

「あの……えーっと」

今日こそはなんとか逃れようと必死で頭を働かせる。しかし何も思いつかない。

「さぁ、行こう」

気がつけば手を引っ張られ、引きずられるようにして寝室へと向かう。

「玲！　私、今日はゆっくり寝たいの。だからねあの、ああいうのは……」

「わかったから。今日も最後までしないし、ちょっと気持ちよくさせてあげるだけだから、ね？」

抵抗しようと口を開いたが、すぐに玲の口にふさがれた。

「ン――ううんっ」

ダークブラウンのシーツの上に優しく横たえられて、パジャマの裾から入った手に素肌の背中を撫でられた。途端に体が反応して、ビクッとはねる。

「やぁん……ダメだったら」

弱い背中を触られて、吐息交じりの声を上げた自分が恥ずかしい。

「ノーブラ！」

玲は目を輝かせ嬉しそうに笑っていた。結局狩猟犬となった玲を七瀬は今日も止められなかった。

第三章　お嬢さんを僕にください

玲と再会して一週間が過ぎた。

この一週間で、前の部屋がある路線の電車に間違えて乗ることもなくなった。

帰りにスーパーに寄ることも、玲の帰るコールを待つことも、夜ごと玲にイタズラされながら眠りにつくことも、だんだんと七瀬の日常になりつつある。

お互いが休みの土曜日の朝、目覚めた時はやはり玲の腕の中だった。

ブラインドの隙間から差し込む光に、玲の少し色素の薄い髪が照らされてきらきらしている。

まだスヤスヤ寝ている玲の顔をじっと見つめた。長い睫《まつげ》に触ってみたくてそっと指を伸ばしたら、手首を掴まれて〝パクン〟と食べられてしまった。

口の中に入った人差し指を、玲の舌が舐める。

玲の熱のこもったまなざしと、クチュクチュと響く音、その人差し指の感覚が淫靡《いんび》で七瀬は耳まで赤くなる。

（なんで、指舐められてるだけなのに……）

まるで前戯のようなその行為に、息までも上がる気がした。

「ン……玲、もうやめて」

「どうして？　こんなにおいしいのに」

玲の瞳にこもる熱が、一段と高くなった気がした。

「ほら、食べてみて」

そう言うと今まで玲の口に入っていた指を、七瀬自身の口にくわえさせた。

「舌出して、もっと舐めてみて」

こういうときの玲はどこか強引だ。そして七瀬もなぜか言われるままにしてしまう。

玲の唾液がついた七瀬の指はどこか甘い気がする。

（自分の指をこんな風にするなんて……）

寝ぼけた頭ではろくな判断もできない。

玲に押し込まれているとはいえ、自分の指なのになんだか変な感じがする。それは玲が意味ありげに見つめてくるからなのかもしれない。

「あぁ、なんかすごいエロい……もう我慢できない……」

玲が覆い被さってきたので、そこで七瀬はようやく正気に返る。

「ダメ――――！　今日はふたりで出かけるところがあるって、玲が言ったんでしょ？」

「だけど、僕もう……」

完全にスイッチが入ってしまっているようだ。けれどこのままでは一日中ベッドの上……なんてことになりかねない。七瀬は強く出た。

「ダメったらダメ！」

「帰ったら続きをさせてくれる？」

「うっ……」

上目遣いに言われて、言葉に詰まる。玲は七瀬がこの種のおねだりに弱いことを、幼い頃の経験で知っているのだ。

「ダメだったら、今から――」

「わかった、わかったから、帰ってきたら好きなようにさせてあげるから」

言ってから「しまった」と思ったが、もう遅い。

「好きなように？」

玲が念を押すように聞くので、あきらめて頷く。

「約束だよ！」

（今、一瞬玲の頭に犬の耳が見えた！）

七瀬は自分の言ったことを後悔しながらも、嬉しそうにベッドを飛び出した玲を見て思わず顔がほころんだ。

その後、軽い朝食を取るとすぐに出かけようと玲にせかされて身支度を整えた。

なぜ玲がきちんとしたスーツを身に着けたのか、不思議に思いながらも急いで準備をした。

車に乗ると、玲はさっそく車を発進した。

「ねぇ、どこに向かってるの？」

鼻歌でも歌いだしそうなほど上機嫌な玲の顔を横からのぞきこむ。

「ん～。ある意味人生で一番緊張することをしに行こうと思って」

そういう割には、緊張の欠片《かけら》さえも感じさせない様子の玲だったが、結局行き先は、教えてもらえなかった。

しばらく走るとそこは見慣れた場所。

ふたりが通った小学校。一緒に遊んだ公園。今はもう閉店してしまっている文具や駄菓子を売っていた何でも屋。

（もしかして……）

やがて七瀬の予感は的中して、実家のマンションの来客用駐車場に車が止まる。

「ちょっと、玲、ここって私のうちだよね？」

「うん、そーだよ」

のんびりとした声が余計に七瀬を混乱させる。

「懐かしくなったの？　でも私、今日はちょっと実家に寄りたくない気分なんだよね」

実は両親にはまだ敬介との話をしていない。

それなのに玲を連れていくとなると、どういう反応を見せるのかわからない。

「でも、久しぶりにおじさんやおばさんに会いたいし」

車の鍵を指でくるくる回しながら、エレベーターホールへ向かう。

オートロックの前で振り返って「何番？」と尋ねる玲に駆け寄って、なんとか行かせないようにしようとする。

「ねえ、別に今日じゃなくてもいいでしょ。父さんまだ寝てるかもしれないし」

「おじさん早起きじゃない」

「いや、そうだけど……」

もじもじとしている七瀬にしびれを切らした玲が、部屋番号を押してインターフォンを鳴らした。

（万事休す……）

「はぁ～い」

母の悦子《えつこ》の間抜けな声が、よけい脱力感を誘う。

「あらぁ、七瀬じゃない……それと？」

「ただいま。とにかく開けてくれる？」

このままマンションの入り口ですったもんだしているわけにはいかない。

こんなところをご近所さんに目撃されたら、井戸端会議の恰好の餌食になること間違いなしだ。

これからのことにどう対処しようかと考え込む七瀬とは裏腹に、玲は「なつかしいなぁ

～」と呑気そのもの。

玄関前に到着して、インターフォンを鳴らそうとすると同時に扉が開く。

「うわっと」

危うく顔をぶつけそうになった玲が大げさに後ろに飛び退くと、そこには母とともに父の和夫《かずお》も一緒に立っていた。

「七瀬、おかえり……そちらの方は?」

怪訝そうな顔をする両親の目の前で爆弾は落とされた。


「こんにちは、お嬢さんを僕にください」

＊　＊　＊

妹尾家の形ばかりのリビング続きの和室には、いまだかつてないほどの緊張感がただよっている。

正座する七瀬と玲の向かいには、目を吊り上げた和夫。長らく金融機関に勤めていた和夫は真面目が取り柄の男だ。そんな父が今の状況を「はい、そーですか」で受け入れられるわけがない。

「まぁまぁ、お父さん怖い顔して」

「元々こんな顔だ」

その場の空気を和ませたのは、お茶を運んできた悦子だった。

「いやぁねえ、もう」

悦子が和夫の腕を軽くたたくが、和夫は玲をじっと見つめたままだった。

「七瀬、ちゃんと説明しなさい。お前は敬介君と付き合ってるんじゃなかったのか？」

さっそく核心に触れてくる。本当はもう少し時間をおいてから話をするつもりだったが、こうなっては仕方がないと覚悟を決める。

「それが、事情があって婚約はなくなったのよ」

「はぁ？　どうしてそんないきなり？　まさかお前、この男とっ……！」

「お父さんっ！」

怒りで立ち上がりかけた和夫を悦子が止めた。

「ちがうわ。言い出したのは向こうからよ。誕生日の日に婚約破棄されたの。私だって寝耳に水だったのよ」

ついつい口調が荒くなってしまう。そういえば理由だって定かじゃない。

「やっぱりこいつが原因なんだろう？　このどこの馬の骨かわからないような奴が……」

腕を組んだまま、ぎろりと玲をにらむ。

「どこのって……」

七瀬が話そうとするのを、玲が止めて目で合図する。

「ご無沙汰しております。おじさん、おばさん。玲です。黒住玲です」

和室に沈黙が落ちる。

「玲君？　ってあのお隣の？」

驚いて目を見開く悦子の問いかけに玲が「はい」と笑顔で答える。

「まぁ、まぁ、すっかり大きくなって！　しかも、とってもかっこよくなっちゃって。おばさんトキめいちゃう」

まるでアイドルを目の前にしたときのように、黄色い声を上げてはしゃいでいる。

「お母さん」

「母さん！」

七瀬と和夫に同時に突っ込まれて、悦子は舌をペロッと出した。

目の前にいる男が、玲だとわかると和夫の彼に向ける態度が柔らかくなった。

「ゴホン、君が玲君だということはわかった。どこの馬の骨だなんて言って悪かった」

和夫の言葉に玲が頬を緩める。

「しかしだ、それと結婚とは全く別問題だ」

再び声が大きくなる。

「第一、敬介君のことはどうするんだ。お前はそれで納得しているのか？」

「納得というか……、もしなんとか頑張って我慢して敬介とよりを戻したとしても、きっと上手くはいかないと思うの」

七瀬の素直な気持ちだった。こうなってしまった以上敬介とよりを戻すつもりはない。

「そうか……」

それについては和夫も意見するつもりはないようだ。

「しかし、あっちがダメだからすぐにこっちっていうのは、感心しないがな……」

それは確かにそうだ。それに七瀬自身もどうしてこんな急展開になったのか理解できていない。和夫の言っていることはもっともだ。

「会社や式場のことはどうするんだ？」

矢継ぎ早に質問を投げかける和夫を、悦子が「まぁまぁ」とたしなめる。

するといきなり、玲が座布団の隣に正座しなおして、畳に頭を擦りつけた。

「ナナちゃんを絶対幸せにします。僕との結婚を許してください。そもそもナナちゃんに最初にプロポーズしたのは僕なんですから」

顔を上げてまっすぐに和夫を見据え、必死で和夫を説得しようとしている。

「そうは言っても、玲君も七瀬でいいのかい？　ついこの間まで、この子は別の男と婚約していたんだぞ」

玲のことを小さい頃から知っている和夫は七瀬のことだけでなく、玲のことも同じように案じているようだ。

「ナナちゃん、おばさん。ちょっとおじさんとふたりにしてください」

「でも……」

「大丈夫だから、ね？」

和夫も玲と男同士で話をすることに同意したようだ。

「七瀬とお母さんは、あっちに行っていなさい」

玲と和夫のふたりに言われて、悦子と七瀬は部屋の外に出された。閉じられた襖《ふすま》の向こうが気になって仕方ない。

「七瀬、そんなところに立ってないでこっちで羊羹《ようかん》でも食べなさい」

（こんなときに羊羹だなんて……）

後ろ髪を引かれる思いだったが、のんびりと羊羹を食べる悦子を尻目に、七瀬はいてもたってもいられない思いで襖が開けられるのを待った。

しばらくすると、和夫に連れられて玲が出てくる。

ふたりとも笑顔だ。

「七瀬、ちゃんとふたりで話をしていろいろと決めなさい」

「え？」

ついさっきまで反対していたはずの和夫の、いきなりの変貌ぶりに、悦子も七瀬も驚く。

「それって……」

和夫に説明を求めようとしたが、玲が割って入る。

「それじゃあ僕たちはこれで。今日はお時間いただいてありがとうございました」

「えっ？　ちょっと……」

話が見えないまま玲に手を引かれ、玄関へ向かう。

悦子が「羊羹持って帰りなさい」とトンチンカンなことを言っていたが、まあ事態は丸く収まったようなので、七瀬はひとまずホッとした。

＊　＊　＊

「ねぇ、玲。いったいお父さんに何を話したの？」

車の中で玲に問いかける。あの短時間で、いったいふたりの間に何が起こったのだろう。

「うーん。ちゃんと養えるのかって聞かれたから、名刺と通帳を見せたんだ」

「はぁ？　名刺と通帳？」

「そうそう、僕、こう見えても業界では有名な会社に勤めているから。おじさん、うちの会社のこと知ってたみたいだし、預金額を見せたんだ」

なんだ、そんなことで、娘の結婚を許したのか。簡単すぎやしないか……。

和夫の単純さにがっくりする。そんな七瀬とは対照的に玲はご機嫌だ。

「おじさんたちの許しも出たし、僕たち幸せになろうね」

夕陽をバックに嬉しそうにほほ笑む玲が眩しすぎて、直視できなかった。

このときの彼は、今まで見たどのときよりも輝いて見えた。昔から知っている懐かしさと、大人の色香が混ざって否応なしに惹きつけられてしまう。

このまま、玲と一緒にいていいのだろうか。

会わなかった十七年の間、お互いに別々の月日を過ごしていた。

それに関して玲は何も触れてこない。

でも、玲といるこの時間が今の七瀬にとって、大切な時間であることは間違いない。

昔から察しのいい玲のことだ。自分のどこか定まらない気持ちに気づいて外堀から埋めていく作戦だろうか……。

両親もまさか二度も「お嬢さんをください」を経験するとは思ってもみなかっただろう。

敬介は、なかなか両親に挨拶をしてくれなかった。

式場をおさえて、式の日取りが決まり会社に報告したあと、やっと重い腰を上げてさっきの和室で両親に許しを乞うてくれたのだった。

ふたりを比べるわけではないが、今回の玲の方がよっぽど誠実だと思う。

「ありがとう」

突然お礼を言われた玲は「なに？　どうしたの？」と不思議顔だ。

七瀬は両親に対する責任をきっちりと果たしてくれた玲に、感謝の気持ちを伝えたかっただけだ。強引でも七瀬のことを思う気持ちが、彼の行動には伴っている。

「ん、何でもないよ。でもありがとう」

「なんだかよくわからないけど、嬉しいから、いいや」

そう言うと、玲は鼻歌を歌いながらアクセルを踏み込んだ。

第四章　負け犬は意地でも吠えない

「西本くんこれ、ここの数字間違ってる。直したら八部プリントアウトして」

「妹尾さん――二番に電話入ってます」

「はい、出ます」

指示出しの途中で電話に出る。

業績が悪いからと言って仕事量が減るわけではない。むしろ経費や人員削減のあおりをうけて担当する業務量は増える一方だ。

経理課は直接数字をあげる部署ではないけれど、経営が思わしくない時だからこそ、こういった間接部門の仕事が大切になってくる。

電話を首にはさみながら、パソコンをたたいていると、めったにこのフロアに顔を出さない人物が現れた。

（敬介――）

七瀬の中で、どうにか過去のことにしつつある敬介の存在だが、まだ顔を見たくない相手だ。

総務部長に連れられてフロアに入ってきた敬介は、部長の席の横に立った。

何事だと周囲は注目をする。電話中の七瀬もそのひとりだ。

「えーみなさん、手が離せる人はちょっとこっちに注目して」

部長の声に視線が一気に集まる。

「このたび営業課のエース谷本くんが結婚することになりました」

（え？　どういうこと。私とのことは終わったはず……）

自分が電話中だということも忘れて、気持ちが完全にそっちを向く。

すると、すっと敬介の横に立った人物がいた。

——早川さんだ。

「えー私事でありますが、このたびここにいる早川沙月さんと、結婚することになりました——」

受話器がゴトンと肩から抜け落ちた。

慌てて相手に謝罪して通話を終える。目の前で起こっていることが、俄《にわか》には信じられず思考回路が停止した。

「なぁ妹尾、あれはいったいどういうことなんだ」

横から小声で課長が尋ねてくる。まだ自分たちの破談の話は、課長にはしていなかったのだから訊かれても仕方ない。

（どういうことかって、私の方が説明してほしい……）

敬介の腕にそっと手を添えて、祝福の言葉に「ありがとう」とにこやかに返す沙月がこちらをちらりとみて、一瞬勝ち誇ったような笑顔を見せた。

一体どういうつもりなのだろうか。敬介と七瀬が婚約していたことは、社内の多くの人が知っているのに。

それなのに、いきなり沙月との婚約を発表するなんて。

七瀬は事情を知る人たちの、自分を気遣う目線に耐えられなくなって席を立った。

廊下を早足で歩き、この時間誰もいないロッカールームへと駆け込む。

敬介が別れを切り出した理由も、ここ最近沙月がやけに自分を見下した視線を向けてきていた理由も一気に理解できた。

しかし、七瀬にとっては屈辱的なことこの上ない。

事情を知っている人間から見れば、自分は捨てられた哀れな女だ。結婚は破談になり、若くて綺麗な副社長の娘に、婚約者を取られたのだから。

どうしてもう少し時間が経ってから発表してくれなかったのだろうか。自分と敬介が別れたことを報告して、それからでも遅くはないはずだ。

別れた女には、そこまで気を遣う必要がないということだろうか？

別れてもなお不誠実な敬介に、心底嫌気がさしてきた。いや、それよりもこんな状況になるまで、何も気づけなかった自分が一番間抜けで情けない。

だからと言って、いつまでもロッカールームで時間をつぶしているわけにはいかない。

仕事が山積みだ。

なんとか自分を奮い立たせてロッカーの扉についている鏡で化粧を直していると、その小さな鏡に人影が映った。

振り向くとそこには総務課にいる、沙月の取り巻き三人衆。

三人とも同じような顔をしてニヤニヤと笑っている。それを見ただけで七瀬は彼女たちが何を言いたいのか想像できた。

（はぁ、面倒だな）

「あら、妹尾先輩、大丈夫ですか？」

「大丈夫じゃないですよねぇ？」

「元婚約者がほかの人と結婚するって知ったんですもの、泣きたくなるのも当然ですよ」

さっそく嫌味の応酬だ。頑張って落ち着けた気持ちが、またざわつきはじめる。

「別に泣いてなんて……」

「まぁ仕方ないですよ。相手は若くて美人。社内でも人気の沙月さんですもの」

「そうそう、先輩にはもっとふさわしい人が現れますよ」

「先輩にぴったりのね」

そう言うと三人でくすくすと笑いはじめた。

言い返そうという気も出てこない。

とにかく時間が過ぎることだけを考えていたら、本丸が登場した。

ゆっくりとまるで舞台女優のように腕を組んで歩いてきた沙月は、どこか馬鹿にしたような顔で七瀬を見た。

「よかったぁ。泣いていらしたらどうしようかと思ってたんです」

綺麗に口紅が塗られた唇を、意地悪く右側だけ上げて笑う。

「敬介さんのこと、ごめんなさい。でも、彼と結婚するのは私なんですよ。妹尾先輩」

目を細めて言うその姿は、普段の社内の沙月とはかけ離れていた。

(きっとこれが本性なんだ)

何も言わない七瀬に対して、言いたい放題だ。

すると、取り巻きたちが笑いながら言う。

「谷本さんも、ボランティアだったんじゃないですか……モテない先輩がかわいそうで」

「ボランティアって！」

ひどい言い方に思わず食ってかかる。

「あら、ごめんなさいね。つい本当のこと言ってしまって」

「リアルな負け犬って初めて見ました」

そう言ってまた、くすくすと下品に笑う。

ここで言い返したら相手の思うつぼだ。自分がどうしてこんな目に遭わないといけないのだろうか。思わず泣きそうになるけれど、絶対に涙を見せたくない。

「おつらい時に、騒がしくしてすみません。敬介さんには先輩の分まで私が幸せにしてもらいますね」

沙月がそう言うと、取り巻き三人衆は七瀬を睨みながら部屋を出ていった。

四人が出ていった後、七瀬はロッカールームにあるベンチに腰掛けた。

「はぁ……」

気持ちを切り替えるためにここに来たのに、よけいにひどい気分になってしまった。

ただ、良いこともあった。あんな女の裏表も見抜けないような敬介と別れることができてよかったのだと思えた。

(負け犬だってプライドがある。あんな相手のために意地でも吠えたりなんかしないんだから……)

……とは言ったものの、受けたダメージは相当激しく、仕事は思うように進まなかった。

事情を中途半端に知っている課長にいろいろ説明したり、廊下や社員食堂で好奇の目にさらされたりと神経をすり減らすことばかりだった。

＊　＊　＊

「……ちゃん、ナナちゃん」

ぼーっと食器を洗っていたら、玲がすぐ目の前にいることにも気がつけないでいた。

「どうしたの、ぼーっとして」

「あぁ、玲、何？　ごめん聞いてなかった」

「何？　って訊いてるの僕なんだけど」

玲は、苦笑しながら背後にまわり、後ろから抱きついてきた。

「これじゃ洗い物できない……」

抗議したけれど離れてくれない。肩に顎をのせて密着され身動きができない。

すでにシャワーを浴びた玲の体からは、清潔感のあるボディソープのにおいが立ち上っていた。

「洗い物、手が止まってるよ。僕が代わってあげるから、シャワー浴びておいで」

「え？　いいよ。玲も疲れてるでしょう？」

「ナナちゃんもでしょ？　いいから、早く早く」

腰紐をほどかれてエプロンをはぎとられた。

押されるようにしてバスルームへ行き、危うく服まで脱がされかけたのを止めて、追い出した。

さっきまで玲が入っていたそこはまだ湯気が立ち込めていて、温かかった。

ひと通り体を綺麗にして湯船につかる。

首も肩もバキバキ音がしそうなほどこっている。いろいろ考えることがありすぎて、力が入りっぱなしだったのが原因だろう。

目をつむると、嫌なことばかりが思い浮かんでくる。

ふーっと大きく息を吐き出して、気持ちを落ち着けた。

風呂から上がると、玲が冷蔵庫から缶ビールを取り出してくれた。ふたりでそれを持ってソファへと移動する。

「すっきりした？」

玲は缶ビールを口に当てたまま問いかけてくる。

七瀬の様子がいつもと違うことに、気がついていたのだろう。

「うん。なんか会社でいろいろあって……」

「もっとこっち来て、何にもしないから」

前科がありすぎる玲を疑いのまなざしで見てみたが、「本当に何もしないから！」という言葉を信じて肩が触れ合うくらいの距離まで近寄る。

すると、頭をぐっと引き寄せられ、ひざの上に載せられた。

「たまには僕がサービスするよ」

「これじゃビール飲めないよ」

「口移しなら飲めるけど」

「バカ」

そう言って、ケタケタと笑いあう。

「ずいぶん疲れてるみたいだけど、忙しいの？」

玲が七瀬の髪をゆっくりと梳《す》くように撫でる。温かい大きな手の感触はとても心地良い。

「うん、社内恋愛していたからあと処理がいろいろとね……」

「そっか」

玲は目を細めて七瀬を見つめ、髪を撫で続ける。

気まずくなって、話題を変えようと思った。

「そう言えば、玲ってなんの仕事してるの？」

「あれ、言ってなかったっけ？」

「うん」

「会社の事業買収が主な仕事かな？　同時にコンサルティングとかマネジメントとかもやる。ニューヨークに本店のある銀行の系列になるから、おじさんも名前を知ってたみたいだけど」

具体的にどんな仕事をしているのか、想像もつかない。

「わかったような、わからないような」

「ははっ。そうだろうね。ナナちゃんはやっぱり正直だ」

「忙しくないの？」

膝枕から起き上がって聞くと、玲が残念そうな顔をして答えた。

「波はあるかな？　でもボスが欧米人だからオンとオフの切り替えは、日本の企業よりもはっきりしているかも。もうすぐ僕の手がける案件が大きく動くから少し忙しくはなるけど、ナナちゃんとの時間はたっぷりとるつもりだから、さみしがらないでね」

ギュッと引き寄せられて抱きしめられた。

「玲、苦しいよ。私、玲の仕事が忙しくても気にしないから大丈夫だよ」

彼の体を引きはがそうとして七瀬が腕を突っ張る。

「僕がダメなの、充電できないと使い物にならないから」

頬を膨らませる顔がおかしくて思わず吹き出してしまう。

「じゃあ、今まで十七年どうしてたの？」

意地悪な質問をしてみる。

「なんとか十一歳までの思い出だけで頑張ってきたよ」

「なら別に大丈夫じゃない？」

「ダメダメ、最近電池の消耗が激しいんだ。できるなら昼間だって充電したいぐらいだよ」

顔が近寄ってきて、頬ずりされた。成人男性としては薄い髭が、七瀬の頬を刺激する。

そんなことで玲も男なんだと改めて思う。

「昔はこんなに甘えん坊じゃなかったのに……」

「だって精一杯背伸びしてたんだもん。どうしてもナナちゃんの騎士でいたくて」

「今は？」

「今は、このままの自分でも十分ナナちゃんを守れるようになったから」

そして、七瀬のひざ裏に手を入れて、抱きかかえた。

「お姫様、お休みの時間ですよ。私と寝所を共にしていただけますか?」

まるで中世の騎士のようにふざけて言う玲に、七瀬も返した。

「よくってよ。ただしイタズラしたらお仕置きですからね」

七瀬は玲の首に腕を回し、ふたりで声をあげて笑いながらベッドへと向かった。

第五章　バレンタイン・キス

翌日――。

「ありがとう、玲も頑張ってね」

同じ方向で仕事があるという玲に車で送ってもらい、会社の前で降りた。

助手席の窓から顔をのぞかせて、玲が手を振る。

にっこりと笑う玲の顔を見ると、自然に七瀬も笑顔になった。

昨日は約束通り何もせずに、ただ抱きしめて眠ってくれた。

それは思っていたよりも幸福な時間で、七瀬は心配事を忘れて深い眠りにつくことができた。

きっとひとりで過ごしていたなら憂鬱で仕方なかった出社が、幾分ましな気がした。

玲の運転する車を見送って、会社のエントランスへ向かう。

一歩踏み込めば昨日と同じ視線を浴びることになる。だけど自分は恥ずべきことや間違ったことなど、何もしていないのだ。

時間が経って事態が落ち着くまで少しの辛抱だと言い聞かせて、エレベーターに乗り込む。

いつもより少し早目に出社したせいか、普段はざわついているロッカールームは閑散としている。

昨日の今日ですぐにあの嫌な光景が脳裏によみがえって、すばやく身支度を整えてフロアへと向かった。

「おはようございます」

いつも通り挨拶をし、すでに出社している社員に声をかけながら席についた。

「妹尾、おはよう。出社してすぐで悪いが、この資料作成してもらっていいか？」

「はい。わかりました」

課長は何事もなかったようにふるまってくれた。それがありがたくて、すぐに仕事に取り掛かる。

集中して仕事をしていると、あっと言う間に始業時間がくる。すでに社員はみんな出社していつも通りの活気に満ちていた。

このざわつきに安心感を覚える。嫌なことがあってもやっぱりこの会社とこの職場が好きなのだ。七瀬は改めて思った。

ばたばたと仕事を始めて一時間ほど経った頃だろうか、総務部長がフロアに入ってきた。

「えー、手の空いているものはこちらに注目……ていうかこれ昨日も言った気がするな」

部長のそんな言葉に周囲から小さな笑いが起きる。

「昨今の不況により、我が社の業績も芳しくないのは周知のことだと思うが、このたび大規模なテコ入れをすることになった」

どちらかと言うといつも穏やかな部長の顔が、今日は険しい。フロア全体に緊張が走る。

「実は我が社は、今、未曾有の危機を迎えているといっても過言ではない。そこで外部のコンサルティングをうけ、業務改善をはかることにした」

一瞬でフロアが静まり返る。

「……ど、どういうことですか」

近くにいた課長に声をかける。

「俺も今聞いたところだ」

すると今度は社長とともに、男性が入ってきた。

七瀬はその男性を見て、思わず目を見開き息を止めた。

(いったい、どういうことなのよ……)

「今日から我が社の総務経理部門の改革をされる、黒住さんです」

「ハドソンマネジメントから参りました、黒住玲です。ご縁あってこちらの会社で仕事をさせていただくことになりました。よろしくお願いします」

ニコッと輝く太陽のような笑顔を見せたのは、まぎれもなく先ほど別れたばかりの玲だった。

「みなさんに勘違いしてほしくないのは、『業績不振』という響きに惑わされないでほしいということです。現在の日本をとりまく経済状況からいって、業績がうなぎのぼりの会社の方が少ないのですから」

真剣に語る玲に、フロアにいる全員が注目している。

「改善はいくらでもできます。成果も必ず出しましょう！『あさひ堂』はなくしてはならない会社です。私も全力投球致しますので、みなさん一緒に頑張りましょう」

玲の前向きでやわらかな物言いに、フロア全体の緊張が緩んだ気がした。

「今、黒住さんが言った通りだ。私はこの方法が、今後の我が社にとって一番いいものだと思っている。みんなますます精進してくれ」

社長のにこやかな顔を見て、社員一同安心した。

「それでは黒住さんこちらに」

玲はちらっと七瀬のほうに視線を向けると、ニヤッと意味ありげな笑顔を見せ、社長の後についてフロアを出ていった。

「アメリカの大手銀行の子会社ですよね、たしかハドソンって……」

西本が七瀬に話しかける。

しかし、驚いてすっかり固まっている七瀬は、西本の問いに答えることができない。

「妹尾さん？」

名前を呼ばれてはっとする。

「あ、何？」

「今、あのイケメン凝視してたでしょ?」

「いや、別にそういうんじゃ……」

ふたりの会話を聞いていた課長に「ほら、仕事しろ、仕事」と言われて、ふたりは慌てて席に着き仕事を再開する。

しかし、今日の七瀬もなかなか仕事に身が入りそうになかった。


昼休み、七瀬はより子をさそってランチに出た。

昼前にメールでお弁当の有無を確認して、【今日は寝坊した】という返事をもらったときは心底嬉しかった。

今、自分の中にあるモヤモヤを吐き出してしまわないと、午後からの仕事も手につかない。これ以上プライベートなことで仕事に支障をきたすわけにはいかないと思った。

会社から離れたところにあるコーヒーショップまでより子を引っ張っていき、ランチを取ることにした。

人気の店は落ち着いた雰囲気だったが、ランチの時間ということもあり、OLやサラリーマンで混み合っている。

ふたりは何とか窓際の見晴らしのいい席を確保した。

「で、こんなに会社から離れたところで話ってことは、あのバカ谷本のこと?」

物事をはっきり言うより子だったが、敬介に対する怒りは半端ではないようだ。

「いや、それも大変なんだけど……」

より子の表情がサッと曇る。

「もしかして会社ヤバイって話？　それならわざわざこんなところでしなくても社員食堂でいいわよね？　もしかして、ハドソンの社員見たの？　噂ではかなりイケメンだって聞いたんだけど、うー悔しい。私まだお目にかかれてないんだよね」

テーブルに身を乗り出して畳みかけるより子に圧倒されつつ、七瀬は順を追って事情を説明した。

話を聞き終えたより子が、驚愕の声を上げた。

「えぇー！　噂のイケメンが七瀬の『結婚前提のセフレ』なのー？」

ランチ時にはふさわしくない声が、店内に響き渡る。

次の瞬間、より子は我に返って恥ずかしそうに周りの客に頭を下げていた。

「それって、七瀬は知っていたの？　今日彼が会社に来ること？」

より子が声を落として尋ね、七瀬は首を振って否定する。

「知っていたら驚かないし、こんな風にわざわざランチにより子を呼び出したりしないわよ」

「それもそうか……。でも相当のイケメンだって聞いたわよ。七瀬もやるじゃない」

それまでとはちがい、ニヤニヤ笑いを顔に浮かべている。

「人が悩んでるのに、面白がって……」

軽く睨むと「ごめん、ごめん」と舌を出して謝った。

「でも、何を悩んでるの？　別に悩むことなんて何もないじゃない」

注文したクラブハウスサンドをほおばりながら、より子が言う。

「私、もう社内の噂に巻き込まれるの、疲れちゃった」

昨日あった〝ロッカールーム事件〟をより子に話す。すると彼女は憤慨し「なにそれ！」とまたもや声量が上がってしまい、さっきと同じようにぺこぺこ周囲に頭を下げている。

「そっかー、早川沙月やっぱり性格最悪だね。副社長の娘だかなんだか知らないけど、あからさまに女子社員見下して男性社員には媚びて、谷本のことだってアイツの出世欲うまく利用して手に入れたに違いないわ」

前々からより子の人間観察の目は鋭いとは思っていたが、社内の人間の性格をここまで鋭く見抜いているとは驚いた。営業課ではなくて人事課に異動したらどうかとさえ思う。

「まぁ、七瀬が公にしたくないって言うなら、彼にそれを伝えて黙っておいてもらうしかないと思うけど、その必要あるの？　七瀬だってそのイケメンのことを見せつければいいじゃない。それに黙っていたら、面倒なことになって後悔するときがくるかもしれないわよ」

（後悔するときか……）

ただ、今は玲との関係がどうにも不安定だ。

何よりも七瀬は、この揺れ動く自分の感情がどう転ぶかわからない状態で周囲に話をすることにためらいがある。

玲とのことは周りに流されて決めたくない。

「よく考えて決めたらいいいんじゃない？　それに私も話は聞くけど一番に相談しないといけない相手が他にいるでしょ？」

確かにより子の言う通りだ。これは自分だけではどうしようもない。

状況は変わらないけれど、次にどうすればいいのかが今やっとわかった。より子に感謝だ。たとえランチの伝票を押しつけられたとしても……。


ランチから戻ると、課長以外のメンバーは揃っていた。

午前中困惑していてほとんど手につかなかった仕事を、順序良くこなしていく。

今日は早く帰って玲と話をしなければならない。そのためにも仕事を早く片づけなければ。集中して仕事をしていたが、まもなくその集中もあっけなく崩されることになる。

「妹尾さん、課長が小会議室に来いって」

西本に声をかけられて素直に向かう。

ノックをすると中から「はい」と返事があり部屋に入った。

まず課長を確認し、そしてその隣にいる玲の姿を見つけて足が止まる。

ヒールが会議室の絨毯にめりこんだみたいだ。

「どうかした？　早く入って。それとも黒住さんがイケメンすぎて固まった？」

「そうだったら嬉しいな」

課長と玲のからかうような会話が耳に入る。まさかこんなにすぐ玲と関わることになろうとは予想だにしなかった。

勧められるまま、椅子に座った。

「妹尾、黒住さんは経理課で仕事をすることになったから――」

「えっ！」

自分でも驚くほどの声が出た。玲はくすくすと笑っている。

「そんなに驚くようなこと？　彼は国際会計士の資格を持つ数字のプロだ。うちの課で仕事をしてもらうのがいいだろうって上の話で決まったみたいだ。ここを一時的に黒住さんの部屋にしようと思うから」

「仕事をするって……どういうことですか？」

「僕は基本的にその会社の中に入って、社内の様子と数字を見てから改善提案を行うことにしています。僕の手元にある資料は一般の社員には見せないほうがいいものも含まれていますから、こうやって部屋を準備してもらったんですよ」

よそ行きのキリッとした顔で話す玲。

「いろいろと揃えなければいけない資料とかもあるから、それをしっかり妹尾にフォローしてもらいたいんだ。あとは黒住さんの指示に従って。頼んだぞ」

そう言い残して課長は席を立つ。

少しの間、課長の出ていった扉を見つめていると、後ろからぎゅっと抱きしめられた。

「ナナちゃーん」と間の抜けた声を出す玲を振り払う。

「玲！　これどういうこと？　ちゃんと説明してよ」

思わず眉をきゅっと上げ、声を荒らげた七瀬には構わず、笑顔で「驚いたでしょ？」と返してくる。ふたりの間の温度差が激しい。

「驚いたわよ！　どうしてひと言、言ってくれなかったの？」

「僕の仕事って守秘義務の塊だからね」

それは、建前としてはもちろん正しい。

「この会社に来ることぐらい教えてくれてもよかったのに」

まだ口を尖らせる七瀬に「ごめんね」といいながら、頭をひとつ〝ポンっ〟とたたいた。

〝かわいい玲〟から、こういう大人の男の余裕を見せられると急にドギマギしてしまう。

七瀬は、こういった女の子扱いにあまり慣れていない。話題を変えようと、気になっていたことを聞く。

「……うちの会社ってそんなに危なかったの？」

最近の会社の経営不振の噂について、玲の立場ならすでにある程度把握しているだろうと思い、尋ねてみる。

「そういう噂はすでに出てるんだね。ひと言でいうのは難しい問題なんだけどな」

なんとなく問題をはぐらかされた気がしたが、玲も今言えることと言えないことがあるのだろう。

気にはなるが七瀬は玲の立場を慮《おもんぱか》って、それ以上は何も聞かないことにした。

「そんなつらそう顔してないで。ナナちゃんの大切な会社だろ？　だったら僕にとっても大事だよ。だから、よくなるように頑張る。見てて。僕、結構仕事はできるから」

おどけて見せる玲につられて笑顔になる。彼の笑顔はいつも七瀬の心を軽くするのだ。

「わかった、じゃあ私にできることは何でも言ってね」

玲よりも二十センチは背の低い七瀬は、玲を見ると意図せず上目遣いになってしまう。

玲は左手で少し赤くなった顔を隠す。

「そのかわいい顔で〝何でも〟なんて言われると、本当に何でも頼んでしまいそうだよ」

（なんで急に、照れるのよ？）

七瀬もなんだか恥ずかしくなり、自分の席へ戻ることにした。

扉に向かおうとした足を止めて、玲を振り返る。一番大切なことを言い忘れるところだった。

「玲、私たちの関係、みんなには内緒だからね」

「え？」

「私、社内でいろいろ言われるのもう嫌なの。だから秘密にしといてね」

それだけ告げると返事を待たずに、部屋を出た。

その日の終業後――七瀬は帰る準備をするためにロッカールームにいた。

ロッカールームは女子社員の情報交換の場としては最適だ。

今日は早速、玲の話で持ち切りだった。

「見た？　ハドソン王子？」

なんにでも王子をつけるのはいかがなものかと思うけれど……。

「見た、見た！　二十七歳だって、彼女いると思う？」

この手の話、女子は大好きだ。七瀬だって例外ではない――話題の中心が玲でなければ。

「ねぇ、妹尾さん、王子って今、経理課にいるんでしょ？」

声をかけてきたのは営業課のより子と仲のいい先輩だ。

「そうです。小会議室に缶詰になってます」

「そっかー、うらやましい。いい匂いした？」

「匂いですか……？」

意図がわからず聞き返す。

「そう、あのまだフレッシュな感じのイケメンから、どんな匂いがするのか興味があるのよ」

確かに玲からは陽だまりのような匂いがする。だけどそれはかなり密着した状態じゃないとわからないことだ。

「何も感じませんでしたけど……」

ここは無難に返すべきだ。

「そっかー、香水とかつけるタイプじゃなさそうだよね。石鹸かな？」

「いやだー、ボディーソープって言ってくださいよ！」

一緒にいた営業課の子が、突っ込みを入れている。

「いや、あの手の顔は石鹸よ。石鹸」

そんな風に言いながら身支度を整えたふたりは、連れ立って出ていった。ホッとした七瀬もすぐにロッカールームを出て、エレベーターへと向かう。


駅に入る手前で、車のクラクションに気がつき音のした方を見ると、見慣れた白い車の運転席で手を振る玲の姿があった。

駆け寄って周囲を確認してからさっと乗り込む。

「こんなところで誰かに見られたら困るよ。早く車だして」

「あははは……大丈夫だよ。ナナちゃんビビりすぎ」

そして車は緩やかに発進した。

二月の街はバレンタイン一色だった。しかも今日はその当日。会社では義理チョコが禁止されてからそういった雰囲気が全く感じられなくなったが、一歩街に出れば恋人たちが平日にもかかわらず楽しそうに歩いている。

「そうだ！　僕たちが一緒に仕事ができるようになったお祝いしなきゃね」

「なんだ……そんなこと」

「そんなことってなんだよ。僕にとってはすごーく嬉しいことなのに」

拗《す》ねたように言う玲に「ごめん、ごめん」と返した。

「でもね、私も実は玲の仕事姿が見られて嬉しいよ」

七瀬が気持ちを伝えると、玲は「ナナちゃん！」と言いながら嬉しそうに七瀬を見つめる。

「玲！　前見て運転して！」

少しだけ素直になって、本音を言うのは少々くすぐったく感じるけれど、玲が喜んでいる姿を見ればこれが正しいことだと思えた。

気持ちを相手に伝えることの大切さや素晴らしさを、最近すっかり忘れていたような気がする……。玲がそれを改めて思い起こさせてくれた。


いつもよりも少し離れたスーパーに寄って買い物をする。

外食でもよかったけれど、明日も平日で仕事のふたりはゆっくりと自宅でバレンタインディナーをすることにした。

いつもより少し高い肉と、ワインをカゴに入れて明日の朝食の買い物も同時に済ませた。

マンションについて部屋着に着替えると、ふたりでキッチンに並んで立つ。

肉を焼きながら、サラダを作る。途中で玲が何個もミニトマトをつまみ食いするのでサラダに使うぶんが少なくなってしまった。

つけ合わせのマッシュポテトをフードプロセッサーでつぶしながら、さっとコンソメスープを作る。

パンをカットして、カゴに入れると玲がダイニングへと運んでくれる。

つまみ食いをする玲を怒ったり、ふざけた玲に笑ったりしながらふたりで準備したおかげでずいぶん早く出来上がった。

ふたりともテーブルに着き、ワインをあけて玲が注ぐ。

「では、オフィスラブに乾杯！」

「ぷっ、何それ」

「だって、一回やってみたかったんだもんオフィスラブ」

「今までなかったの？　社内恋愛」

玲なら、そういうチャンスもあっただろう。

「できるわけないじゃないか。僕の会社にはナナちゃんがいないのに」

ふてくされた顔でパンをほおばる玲の言葉に七瀬の顔が緩む。

玲ほどの人だ、きっと恋もたくさん経験してきただろう。だけどそれを私に感じさせないようにしてくれる優しさが嬉しいと七瀬は思った。

「でも、くれぐれも気をつけてね、ばれないように」

「ちょっと寂しいけど、社内恋愛においてはよくあることだよね。ばれそうっていうスリルを味わうことにするよ」

屈託のないその表情に、やっと七瀬は安心する。

（昼間も玲の姿が見られるなんて、やっぱり嬉しいかも）

七瀬としても実はまんざらでもない。けれどそう思っても玲には伝えない。ひとりニコニコ笑っている七瀬を玲が不思議そうに見ていた。

食事が終わって、片づけをふたりですませると、一緒にお風呂に入りたいとわがままを言う玲を、無理矢理ひとりでバスルームへ向かわせた。そして七瀬は、本日最大のミッションに取り掛かることにする。

今日はバレンタインデー。

だけど、ふたりの関係がはっきりしていないので、気合いの入った手作りチョコや高級チョコを渡すのも何か少し違う気がした七瀬は、チョコレートフォンデュを作ろうとこっそり準備をしていた。

小鍋で生クリームを温め、そこに刻んだチョコレートを入れて溶かす。仕上げに、ほんの少しラム酒を垂らした。

フルーツとマシュマロ、カステラをカットしてダイニングに並べる。

出来上がったチョコソースを容器に入れて運んでいると玲が鼻をクンクンさせながらバスルームから出てきた。

「ナナちゃん？　なんか甘い匂いがする」

振り向いて笑顔で玲に言う。

「ハッピーバレンタイン」

輝くような笑顔を浮かべた玲が近づいてきて、ギュッと七瀬を抱きしめた。

お風呂で上がった体温のせいか、いつもより玲のいい匂いが強くする気がした。

「ありがとうナナちゃん。嬉しい！　もちろん食べさせてくれるんだよね？」

「え、どうして？」

「え？　当たり前でしょ？」

玲はすぐに椅子に腰かけると「最初はイチゴね」と言い、大きな口を開けた。

そんな玲の様子に苦笑しながら、チョコをたっぷりつけたイチゴを大きくあいた口へと運ぶ。

パクンと食べた玲が目を見開いて「おいしい！　次はキウイ」と催促をしてくるのがまたかわいくて次々とリクエストに応える。

「はい、じゃあ次はナナちゃん」

そういうと七瀬の手にあったフォークを取り上げて、イチゴを刺すとチョコレートをたっぷりとつけて七瀬の口へと運んだ。

大きく口をあけたつもりだったが、唇にはべっとりとチョコレートがついてしまった。

イチゴを咀嚼《そしゃく》しながら、それを拭おうとティッシュに伸びた手が玲に捕まる。

「フルーツもおいしかったけど、絶対こっちの方がおいしい」

舌を出してペロリと七瀬の唇を舐めた。

いきなりのことで驚く七瀬には構わず、玲の熱い舌は七瀬を舐め続ける。

「……ん、あ、玲？」

口の中のイチゴを飲み込むと同時に、玲の舌が中に入ってきた。

遠慮なくうごめく、熱くて、やわらかい、だけれども強い意志を持つそれに、七瀬の口腔内だけでなく体も支配されそうだった。

翻弄されそうになったが、何とか玲の体を引き離す。

「ダメだよ。玲の唇にもチョコついちゃったじゃない」

玲の唇に指を伸ばそうとすると、手首を摑まれて阻止される。

「とってくれるなら、指じゃなくて、こっちがいい」

玲のしなやかで男らしい人差し指が七瀬の唇をなぞる。

ねだるようなその声色と視線に戸惑いながらも、従ってしまう。

七瀬はゆっくりと顔を傾けて、目を閉じた。

初めて自分から触れる玲の唇は、さっきまで合わされていたそれと全く同じものなのに、なぜかいつも以上に心臓がドキドキする。

舌を出して、チョコレートがついていた場所をペロペロと舐めた。

うっすらと目を開けると、玲の熱いまなざしと視線があった。

（まさかずっと見てた？）

急に恥ずかしくなり、玲から離れようとしたけれど、項《うなじ》のあたりに手をさしこまれて、逆にぐっと引き寄せられた。

「あっ……」

目を開けたままの熱のこもった玲の瞳が、七瀬をずっと見つめている。

さっきまで主導権は七瀬にあったのに、今ではすっかり玲の唇に、舌に七瀬はむさぼられていた。

絡み合う視線と舌が恥ずかしくて、七瀬はぎゅっと目をつむる。

そうすると、玲から受けるキスがよけいに生々しく感じられた。

（こんな甘いキス……私、知らない……）

口腔内すべてを舐めとられて、すでにチョコレートの味なんて残っていないはずだった。なのに、玲のキスの甘さに、七瀬の心と体はチョコレートのようにドロドロに溶かされた。

第六章　秘密の社内恋愛

予想以上だった。

いつもはほかの部署に比べて、いたって静かな経理課がここまでざわつくとは。

小会議室にこもっている玲がひとたび外に出ると、ほかのフロアの女子社員までが覗きにくる。

「これ、コピーお願いしたいんだけど……」

「あ、は……」

西本の返事に途中で割り込む声がする。

「私がやりますっ！」

玲はあきらかに西本に頼んでいたのに、総務課の女子がはやてのように現れて、コピーする原稿を奪っていく。

「ずいぶん仕事熱心なんだね」

「あぁ、はい！　仕事大好きですから」

にっこりと玲に笑顔を向けられた女子社員は、頬を染めて嬉しそうに答えている。

（うそつき。いつもロッカーで『仕事だるーい』って言っているのに）

玲フィーバーは実は女子社員だけにとどまらない。

玲はここにやってきてまだそれほどたっていないのに、十年間の経理のデータをすべてチェックし終えている。そしてそこから導きだした改善案を、経理課経由ですでに経営陣に稟議《りんぎ》を上げていた。

そして経営会議にも参加して、経営陣からの信頼も十分に得ているようだ。

なにせあの小さな会議室に、今まで経理課を訪れたことのないような偉い人たちが、ひっきりなしに出入りしているのだから。

人懐っこい性格もあるのだろうが、ほかの人が言えばかなり反感を買いそうな提案でも、なぜか玲にかかると最終的にはうまくまとまってしまう。

それだけの仕事を飄々とやってのける玲の能力を、周りは認めざるを得ないのだろう。

今日も今日とて女子社員の視線は、玲に熱く注がれている。

当の本人は慣れているのかまったく気にしていない様子だが、一緒に話をしている課長は女子たちの視線を集中的に浴びて、身の置き所もないようだ。

玲が小会議室に戻ると、クモの子を散らしたように女性社員たちはさっといなくなる。

「妹尾、女っていうのはすごいな……」

課長がそう言うのも無理はない。

「もう少ししたら、きっとおさまりますよ」

慰めにもならない慰めを言って、仕事に戻った。

玲は出社初日から、会社の女子社員達の噂の的だった。

（やっぱりふたりのこと、黙ってもらっておいてよかった）

あの時の自分の判断は正しかったのだと改めて思う。

集中力が切れたので少し休憩をしようと、席を立ち給湯室へと向かった。

（玲もお茶飲むかな？）

自分のぶんのマグカップと来客用のティーカップを準備していると、急に背後から声をかけられた。

「妹尾さん、ちょっといい？」

それは、先日ロッカールームで玲の匂いを聞いてきたあの営業課の女子社員だった。

「いきなりなんだけど、黒住さんの歓迎会したいの。はっきり言えば飲み会を設定してほしいのっ！　お願いっ！」

両手を顔の前で合わせて必死に頼んでくる。

「あのっ、えーっと私にではなく直接、れ、……黒住さんに聞かれたほうが……」

「それが、ダメなの。なんだかニコニコ笑いながらうまくはぐらかされちゃうから……」

（玲の得意技だ）

「彼とまともに会話できる女子社員って妹尾さんだけでしょう？　だからお願いしてみてくれない？」

「はぁ……一応声をかけますが、来てくれるかどうかはわからないですよ。あまり期待しないでくださいね」

「恩にきるわ。もう二度と営業課の経費伝票遅らせないからっ！」

ありがたい約束をして去っていく。

七瀬は途中だった紅茶を淹れて、玲のいる小会議室へと入っていった。

「黒住さん……」

「なに、ナナちゃん？」

「妹尾です。黒住さん」

ぴしゃりと言い返したが、露ほども反省もしていない。

「ごめん、ごめん。ナナちゃん」

何度訂正しても苗字を呼ばない玲にため息をついて、カップを差し出す。

「一緒に休憩してくれる？」

玲の向かいに置いてある椅子を指さし、座るように促される。

「おいしい。ありがとう」

ニコニコしながら紅茶を飲む玲に、さっき言われた飲み会のことを話してみる。

「営業課の女の子が玲と飲み会したいんだって」

「飲み会？　会社のメンバーで揃ってって……日本独特の風習だよね。別にいいけど、ナナちゃんが一緒じゃなきゃ行かないよ」

「ええ、私はいいよ。だって一緒にいるとばれちゃいそうだし」

何度言っても〝ナナちゃん〟と呼ぶ玲と一緒にいては、ばれない方がおかしい。

「大丈夫だって、妹尾さん」

こんな時だけわざと苗字を呼んだ玲を軽く睨む。

より子の先輩は強引だけど悪い人じゃない。何度か仕事で助けてもらった恩だってある。それに玲もいろいろ人との繋がりができれば、仕事がやりやすくなるかもしれない。

「私が行けば、行くのよね？」

「うん。絶対ばれないようにするからっ。楽しみ〜」

「そんなに楽しみなら私なしでも行けばいいのに……」

「ナナちゃんがいないと意味ないじゃない。だって、内緒の社内恋愛の相手とこっそり目配せする楽しみが体験できないし」

真剣にくだらないことを言う玲をひと睨みして七瀬は自分のデスクへと戻り、先ほどの女子社員に玲が参加するという旨のメールを送った。

＊　　　＊　　　＊

そしてそれは、翌週の金曜日の夜に開催された。

会場は、あさひ堂の社員御用達の、会社近くの和食店。より子の先輩から七瀬に言い渡された任務は、〝無事に王子を店にご案内すること〟だった。

「わくわくする〜」と子供のようにはしゃぐ玲を横目で見て、七瀬は何事もないように祈りながら和室の襖をあける。

「お待たせして、すみません」

さっきまでのはしゃいだ雰囲気をまったく感じさせない落ち着いた態度の玲に、七瀬は一瞬驚く。

（なんで、こんな猫かぶるのが上手なの？）

七瀬が驚いているわずかの間に、玲は総務課の沙月とその取り巻き三人衆に囲まれて連れ去られてしまった。

「彼女たちも来たの？」

端の席により子を見つけて、小さな声で問いかける。

より子はあからさまに面白くなさそうな顔をしている。

「アイツらのせいで先輩の機嫌急に悪くなっちゃってさ」

見てみると、先輩は小さな声で「あーあ」とつぶやいていた。

場の雰囲気を変えたのは、より子だった。

「注文取りまーす！　ビールの人」

意気消沈している先輩の代わりに、より子がみんなにオーダーを尋ねる。

より子の声に、何人かが勢いよく手を挙げる。玲も手を挙げている。

いつも思うがより子は本当に気が利く。少しでもみんなが楽しめるように極力明るく周りに働きかけていた。

見回してみると女子だけでなく男性社員も、私的な集まりにもかかわらず数多く参加していた。

西本が七瀬を見つけて軽く手を振ってきたので、七瀬も手を振り返した。

飲み物の注文を終えると、テーブルにもつ鍋がセッティングされた。

普段は全く気が利かない総務課の女子が、ここぞとばかりに動き回っている。

全員の手元に飲み物がいきわたったところで、より子が玲に声をかけた。

「では、黒住さん何かひと言お願いします」

急に指名されて「まいったな……」と玲は頭を掻いている。

わずかに姿勢を正して、玲は会場全体に一度目を向けてから、口を開いた。

「ご縁あって、あさひ堂の仕事にかかわることになりました。しかもこのような席を設けていただいて感謝しています。今日は皆さんと楽しく過ごせたらと思います」

玲が挨拶を終えて座ると、より子が「かんぱーい」と声を上げて会が始まった。

皆が歓談を始めたところ、ひと仕事終えたより子が「ふー」と息を吐いて、七瀬の横に座る。

「おつかれさま」

ジョッキをカチンと合わせてごくごくとビールを喉に流し込んだ。

「あービール美味しい。しかしあの女子たちの黒住さんへの群がり方尋常じゃないよね。

七瀬、あの子たちに好き勝手させていていいの？」

より子はテーブルに肘をついてつぶやいた。

「たしかにすごいね……」

総務課の沙月とその取り巻き三人衆に、総務や営業の男性社員も加わって、玲のまわりは大変にぎやかだった。

昔から玲はそういうところがあった。老若男女、どんなタイプの人物も引きつけてしまう、その手練手管は天性のものだろうか……。

小さい頃、公園で生まれた数匹の子猫の飼い主を探してきたのは玲だった。同級生の家や、通学路にあるタバコ屋のおばあちゃん。なぜか隣町のピアノ教室にまで子猫がもらわれていった。

今思えば小学生にしてすごい人脈である。

玲たちをぼんやりと眺めていると、ふと敬介の姿が目に入る。玲のそばでかいがいしく世話を焼く沙月を見て眉を寄せていた。

（来てたんだ……）

ぼーっとその様子を見ていると、西本がやってきて横に座り、小さな声で訊いてきた。

「谷本さんですか？」

確かに敬介を見ていたのだ。隠す必要性も感じず「まぁね」と答える。

「谷本さんと早川さんの話、いきなりで俺ビビったっす。妹尾さんはもちろん知ってたんですよね？」

オブラートに一切包まずに投げられた質問に苦笑いをしながら、七瀬は首を横に振るしかない。

「それって、谷本さんが浮気してたってことですか？」

「シッ！　こんなところで話す内容じゃないでしょう」

西本の発言をより子がたしなめた。

「すみません、でも俺……」

「西本くん、ありがとう。君はあんまり仕事はできないけどやっぱりいい子だわ」

素直で表裏もなく頑張っている西本は、七瀬にとって大事な後輩だ。

西本の頭を撫でてほめていると、〝がしゃーん〟〝キャー〟とグラスのひっくり返る音と悲鳴が同時に聞こえてきた。

騒ぎの方向に顔を向けると、玲が立ち上がって濡れたズボンをおしぼりで拭いている姿があった。

グラスを倒したようで、周りの女子社員がおしぼりでテーブルを拭いている。

すぐに店員が布巾《ふきん》を持ってきて、その場の片づけを始めた。

その間に、気がつけば玲は七瀬の横に立っていた。

「ここいいですか？」

「どーぞ」

急に近くに現れた玲に、驚いている七瀬が返事をするよりも前に、より子がＯＫしてしまう。

するとと玲は、七瀬と西本の間に無理矢理入り込んだ。あまりにも不自然な玲の行動に、西本は驚いて隣に少しずれる。

「ごめんね」

玲は、キラースマイルを西本に見せて謝る。当の西本はその笑顔にあてられたのか、顔が少し赤い気がする。玲の笑顔の力は男性にも及ぶようだ。

「妹尾さん飲んでる？　ずいぶん楽しそうにしてたから、僕もこっち来ちゃった」

まわりにはきっとにっこりしているように見えるだろうが、七瀬にはちがって見える。

（目が笑ってない？　怒ってる？）

「どうしたんですか、何か不都合なことでもありましたか？」

気になって聞いてみたら「どうして？　とても楽しくていい気分ですよ。僕も頭を撫でてもらえればもっと気分がよくなります」と返されて納得した。

とってつけたような言い回しに七瀬は、玲の怒りの理由を正しく理解した。

（玲ったら、私が西本くんの頭を撫でたことに機嫌悪くしてるってこと？）

子供みたいな拗ね方に、七瀬は呆れてしまう。

そんなふたりにはかまわず、西本が横に来た玲に話しかける。

「黒住さん、男の俺から見てもかっこいいっすよ。今までどんな仕事してきたんですか？」

「ふふふ、秘密。守秘義務ってやつ」

「えー、そうなんスかー？　じゃあ、別の質問、彼女はいるんですか？」

西本がコンパで女子が聞きそうな質問をするので、七瀬は思わず飲みかけのビールを吹き出しそうになってむせた。

「もう、七瀬ったらきたないよ」

より子が渡してくれたおしぼりを受け取って、口元を拭う。

「大丈夫ですか？　妹尾さん」

そう言いながら、玲はテーブルの下でぎゅっと七瀬の手を握った。

「それで彼女はいるんですか？」

七瀬のことなど気にせずに西本は話を続ける。その場にいる女子社員が、玲の答えを固唾をのんで待っているのがわかる。

「うーん、どうかな？　結婚したい相手はいるよ」

その瞬間、場がざわついた。

しかし、玲はそんなことにはお構いなしで七瀬の手のひらを〝こちょこちょ〟とくすぐりながら話をしている。必死で手を振りほどこうとしたけれど、逃げようとすると今度はきつく握りしめられた。

「それってどんな人なんですか？」

より子も面白がって玲に質問を重ねた。

「彼女は幼馴染みなんだ。親が仕事ばかりで家を空ける時間が多かったから、彼女と過ごす時間が長くてね。家族として僕に接してくれていた彼女に、本来なら本当の家族が与えてくれる安らぎを求めていたんだと思う」

「それがいつ、恋心に変わったんスか？」

「それは、彼女のことを好きだっていう男の子が現れてね。『彼女は僕のモノなのに』って。そう思うとあの頃からずっとずっと彼女のことだけ好きだったんだろうね」

玲は、意味ありげな視線を七瀬に向けた。

「僕にとっては人生のすべて。だから僕も彼女のすべてになれるように今頑張っているところ」

（私が玲のすべて……）

玲は自分の気持ちだけを押しつけずに、七瀬の戸惑いの気持ちを理解して待ってくれているということだ。

「ヒュー！　俺もそんなこと言ってみたいです」

西本は自分が言われたかのように、少し頬を染めて興奮している。

隣にいたより子がここぞとばかりに、玲に質問した。

「どうしてそんなにひとりの女性に思いを寄せ続けることができるんですか？」

玲の相手が七瀬だとわかったうえでのことだ。

「ちょっと……」

七瀬が止めてもより子は質問を続けた。

「男と女のことだから心変わりすることだってあるでしょう？　それなのにどうしてそこまでその人のことを思えるんですか？」

七瀬はより子を止めようとしたが、その質問の答えを聞いてみたくなり、口をはさむのをやめた。

「確かに男女の関係だけならそういうこともあるかもしれない。だけど彼女は僕にとって姉であり母であり時には妹であり友達であり、女であるたったひとりの人なんです。どんな役割だって果たしてくれる。だから心が変わることなんて一生あり得ない」

テーブルの下にある玲の手に、より力が入る。

七瀬は思わずうつむく。そうしないと、うるんだ瞳から涙が落ちてしまいそうだった。

まっすぐで熱い玲の思いが、七瀬の心を震わせる。

「あら、黒住さん、そんなこと妹尾さんの前で言ったらだめですよ」

目の前に現れたのは、アルコールが入って少し頬が赤くなった沙月だ。

「だって、先日結婚前提の彼氏と別れたばかりなんですよ、妹尾さん」

全部沙月のせいだとは言わない。しかしその原因の一端を担う人間に、そんな風に言われたくない。

ますます顔を上げられなくなる。嬉し涙が一瞬にして負の感情から来るものへと変わりそうになる。

「一方的に婚約解消されたって聞いたんですけどぉ、本当ですかぁ？」

知っていてわざと聞いてくるその腹黒さに、唇を噛んで耐えた。

「沙月──！」

敬介が慌てて止めに入ろうとするがそれよりも早く玲が口を開いた。

「よかったですね。結婚する前に別れられて。きっとその人は運命の相手じゃなかったんですよ。妹尾さんはこんなに素敵なんですから、もし僕が幼馴染みの彼女に振られたら、付き合ってくれますか？」

にっこりとわざとらしい笑顔で七瀬を見つめる。

（みんなの前でこんなこと言うなんて、たまらなく意地悪だ）

だけど今は、その意地悪に救われた気がする。

ふたりの様子を見て明らかに沙月が面白くなさそうな顔をしていた。

「俺、女だったら今日絶対黒住さんに抱かれたいです！」

西本はいきなり大きな声を出すと、そのまま玲に抱きついた。おそらく先ほど呑んでいた日本酒が効いたのだろう。

「抱いてくださいー！」

髭のそり残しのある頬を、玲の綺麗な顔に擦り寄せている。

張り詰めていた空気が、西本の突拍子もない発言によって和む。

「ちょっと、僕そっちの趣味は全くないから！」

どっと笑いが起こる。酔っぱらった西本のおかげで、みんな笑顔になった。

七瀬と敬介と沙月以外は。

沙月は忌々しいものでも見るように、七瀬を睨みつける。それを横でたしなめようと沙月の腕に手をかけた敬介を振り払って、部屋から出ていった。

七瀬に謝ると敬介も沙月を追って出ていった。

「ごめん、な――妹尾さん」

(謝ってほしいのは、そんなことじゃないのに)

もっと他に謝ってほしいことがあるのに、元カレからの別れて初めての謝罪は沙月の代わりの言葉だった。

七瀬は小さくため息をついて、手元のグラスを一気に呷って空にした。

すると、テーブルの下でまた手を握られた。

きっと玲は、七瀬の小さなため息を聞き取ったのだろう。ぎゅっと握られると玲の手のぬくもりが全身に回るようだ。

いちいち七瀬の変化に敏感な玲。

七瀬自身よりも七瀬のことを理解している玲といれば、今まで抱えている様々な問題の飛べなかったハードルも〝ひょい〟と跳べるような気がした。

一杯目は苦いだけだったビールが、二杯目は喉を刺激しながらおいしく胃の中へ流れていくのを感じた。

第七章　大人の修学旅行

暦の上では春の三月。しかし実際はまだまだコートが手放せないこの時期に七瀬と玲は新幹線で京都に向かっていた。

――さかのぼること数日前。

「玲って結局、修学旅行に行かないでニューヨークに引っ越ししたんだっけ？」

ふたりでテレビを見ているときに、鉄道会社の京都旅行のCMが流れていた。

そこで七瀬はふと思い出したのだ。

七瀬が小学生のとき修学旅行で京都に行くというときに、玲が「一緒に行く」とさんざん駄々をこねたのを。当時の状況を思い出し、ひとりくすくすと笑いながら玲に尋ねたのだ。

「そうだね、だから京都は一度も行ったことがないよ」

「そうなの？　こっちに帰ってきてからも？」

「帰ってきてからって、帰国はつい最近だし」

「そっか……今、玲がね、私と一緒に修学旅行に行きたいって駄々こねていたときのこと思い出していたの」

玲もすぐに思い出したようだ。懐かしそうに顔をほころばせた。

「あー、僕も覚えてるよ。毎日自由時間に電話してくれるのを楽しみにしてた」

公衆電話の使用は先生の許可が必要だった。よっぽどのことがない限りは許してもらえない。だからこっそり誰にも見つからないように隠れて電話をしていたことを思い出す。

「一緒に行けたらよかったのにね」

ふと漏らした言葉に玲が反応する。

「じゃあ、行こうか。修学旅行!」

「え?」

急展開に驚いている七瀬に、玲はにっこりと笑顔を向けた。


〝古都、京都〟の名とはかけ離れたイメージの近代的な駅に降り立つふたり。

駅ビルには劇場やデパートも入っていて、とても活気づいている。そんな中、ところどころに感じられる京都らしさに、ふたりともいつもと違って浮き足立っていた。

新幹線の中でガイドブックを広げながら、今日の予定を立てた。

レンタカーを借りようか迷ったが、バスも電車もたくさんある。タクシーも多い。ゆっくりと散策しながら歩こうという意見でふたりは一致した。

さっそく目的地の嵐山に向かうために、新幹線からローカル線に乗り換える。

冬の間運休していたトロッコ列車が、三月から再開される。桜や紅葉の季節ではないが、玲は七瀬のリクエストに嫌な顔ひとつせずに「楽しみだね」と答えてくれた。

電車で近隣の駅まで行き、そこからトロッコの駅まで歩く。

まだ肌寒いが日差しは温かく、普段とは違う空気を吸いながら、多くの観光客の中を玲と一緒に歩くのは楽しかった。

駅に到着して当日券を買い求めると、ちょうど出発間際のトロッコに乗り込む。

ゆったりと動く列車から、船が飛沫《しぶき》をあげながら保津川を下っていくのを眺めたり、家族連れで来ている子供がはしゃいでいるのを目にしたりして楽しんだ。

「今度来るときは、ラフティングしよう！」

下車してすぐに、玲は意気揚々とそんなことを言う。次の京都旅行も一緒だと言われているようで七瀬は嬉しかった。

その後ふたりが嵐山に来た一番の目的「鈴虫寺」にタクシーで向かう。

竹林に囲まれた禅寺は、カップルや若い女子でにぎわっていた。

定時になるとお茶とお菓子がふるまわれ、お坊さんの説法が始まる。

七瀬と玲も一緒に座敷に入り、席に着く。鈴虫の音色が聞こえてきて驚いた。聞くところによると、ここは一年中鈴虫の音色が楽しめるそうだ。

お坊さんの説法は大変上手で、普段こういったことには縁遠い七瀬も、十分楽しむことができた。日々どのような気持で過ごせばいいのか、わかりやすい言葉で説明してくれる。自分を見つめ直すいい機会になった。

何事においても流されやすい七瀬は、まわりの視線や意見だけでなく、いま自分がどうしたいのかをゆっくりと考えて、ひとつだけ願いをかなえてくれるというお地蔵様の前で一生懸命お願いをした。

ふと、自分の中でいろいろ考えていて、玲とほとんど会話をしてなかったと我に返り、顔を覗いてみる。

「真剣な顔して何をお願いしてたの？」

「ナナちゃんが幸せになりますようにって」

「なに、それじゃあ玲は？　自分はいいの？」

「え？　だってナナちゃんが幸せだったら僕も幸せだから。そんな当たり前のことわざわざ言わなくてもいいし」

さも当たり前のように言った玲に驚いて、目を見開いた。心臓がとくとくと早鐘を打つ。

恥ずかしくなってうつむいた七瀬を、やさしく玲が見つめている。

「さぁ、時間がもったいないから行くよ！」

玲に手を引かれて歩きはじめる。少し後ろから玲の背中を見つめる。

（いつの間にこんなに大きな背中になったの？）

離れていた間にすっかり〝男〟になってしまった玲の背中。

今その背中にそっと寄り添いたい。七瀬は無性にそう思った。

そのあとふたりは四条界隈に出て、祇園で有名なお茶屋のパフェをつついたり、より子に頼まれていたお土産の脂取り紙を買ったりした。

鴨川では等間隔に座るカップルの列を乱さないように、ふたりも同じように間隔をあけて座った。

「修学旅行のときにね、友達がここで告白するからって男子を呼びに行ったの。そしたらね、その男子がここにきてね――」

急に話すのをやめた七瀬を玲は先を促すように見つめた。

七瀬は気まずそうな顔をしている。

「で、その男の子はどうしたの？」

「でね……えーっと、どうだったっけ？」

七瀬が、明らかに何かをごまかしているのが玲にはわかった。

「ナナちゃーん？　どうせその男子がナナちゃんに告白してきたんでしょ？　それって一組の村松《むらまつ》？」

七瀬は玲の言葉に目を剝いた。

「クラスまでは覚えてないけど、村松くんだよ。なんでわかったの？」

今度は七瀬が尋ねる番だ。

「あいつずっとナナちゃんのこと好きだったんだ。マンションにも何度か来たから僕が追い返した」

「え？　いつの話？」

「いつのって、何度も来てたよ。そのたびに追い返した」

玲は得意そうに言ったが、七瀬はそんな話は初耳だったので驚く。

「僕のナナちゃんに手を出そうなんて、一千万年早い」

「ふふふ……そんなに生きてられないよ」

「それでも一千万年、ナナちゃんは僕のものだよ」

「だから死んでるってば」

「いや、ちがうか。一千万年僕がナナちゃんのものなんだ。きっと死んでも、生まれ変わってもね」

地面についていた手を不意にぎゅっと握られた。

手元を見ようと玲の方に顔を向けると、下からすくうように突然キスされた。

自分の耳が赤くなっているのがわかる。鼓動が速くなる。体温が上がる。

玲が真剣なまなざしで、顔をもう一度近づけてきた。

「ストップ！」

手をかざしてそれを阻止する。

「学生の修学旅行じゃないんだから、こんなところでキスしないで」

多くの目があるこんな場所で、こういうことは良くない。

恥ずかしさとドキドキで、耳と頬を真っ赤にしながら言う。

「じゃあ、大人の修学旅行を宿でゆっくり味わおうかな」

揚げ足を取るようなセリフを言いながらすくっと立つと、手を差し伸べてきた。

七瀬は手をパンパンと払ってから玲の手を握る。

「ここから近いからのんびり歩いて行こう」

手を繋いで日の落ちかけた四条通を、ふたりでゆっくり歩いた。突き当りにある八坂神社の赤い門が遠くからでもよく見えた。

「せっかくだしちょっと寄っていく？」

「うん――」

〝ぐぅぅ〟

七瀬の肯定の言葉と同時に、お腹が激しく自己主張した。

「あはは。お腹のほうが正直だね。宿から近いし時間があれば明日寄ろう。先にお腹を満たしてあげないとね」

おかしくて仕方ない様子で笑い転げる玲を軽く睨み、七瀬は先に歩きはじめた。

「ナナちゃん！　そっちじゃない。こっちだよ」

玲に呼び止められてピタッと止まる。

くるっと振り返った七瀬は、照れ隠しでもう一度玲を睨む。

「さぁ、迷子になるといけないからちゃんと手を繋ごう」

七瀬の睨みなどまったく無視して手を出してくる玲。

それに素直に応じる自分も自分だと思いながら、玲の手をぎゅっと握った。年下で頼りなかったのは昔の話。今はこの手で七瀬を導いてくれる。男らしい玲の手を頼もしく感じていた。


ほどなくして到着したのは、京都らしい伝統のあるたたずまいの中に現代のスタイリッシュさを併せ持つ宿で、部屋数も十室以下、全室スイートルームという贅沢な造りだった。

この宿は、玲がひとりで選んだもので、七瀬は詳細を知らされていなかった。想像よりもはるかに素敵な宿に七瀬は驚き、空腹さえも忘れてしまう。

チェックインを終えた玲が七瀬のところにやってきた。

「お待たせ」

そう声をかけると手荷物を係に渡す。

案内されるまま、玲のあとに続く。

通された部屋は、和室と洋室のベッドルームがあった。どちらもふたりで過ごすには十分な広さだ。

和室から見える中庭には、綺麗にライトアップされた竹林があり、思わず駆け寄って覗いてしまう。

「お風呂の準備ができております。お食事の準備をさせていただきますのでその間にどうぞ」

そう言って、係が出ていく。

「さっき電話して頼んでおいたんだ。ナナちゃん、足くたくたでしょ？」

確かに今日は一日中歩き回ったのだ。ゆっくりお風呂につかった後で食事をしたい。

「じゃあ、お言葉に甘えてお風呂入ってくるね」

荷物から入浴のセットを取り出して、浴室へと向かった。

「わぁ～！　すごい、檜《ひのき》のお風呂だ！」

お湯がたっぷりと張られた檜風呂は、独特の香りを立ち上らせていた。

わくわくしながら身に着けたものをすべて脱ぐと、さっと体を流して湯船に身を預けた。

肩までつかり〝ふーっ〟と息を吐く。

気持ちよくて思わず目をつむった。

しばらくそうしていると、浴室内に物音が響いてぱっと目を開く。

するとそこに、見るからに上機嫌の玲が立っていた。

――一切何も身に着けずに……。

「……っれ……い？」

人間本当に驚いたときは声が出ないものである。

確かそんなことを誰かが言っていた気がする。そしてそれは正しいということを今知った。

「僕も入る」

ひと言そう言うと湯船に〝ざぶん〟と浸かる。

その時やっと我に返った七瀬が、慌てて自分の体を隠した。

「どうして入ってくるの⁉」

「どうしてって一緒に入りたいから」

あたりまえだろうという表情の玲に、慌てて出ていくように言う。

「今は私の順番でしょ？　玲は出て」

「えーやだよ。せっかくだし一緒に入ろう」

語尾にハートマークがついているのではと思うほど甘えた声だ。

「ダメ、恥ずかしい！」

「大丈夫。僕、もうナナちゃんのお尻のホクロの位置まで知ってるんだから」

「バカ玲！」

堂々と恥ずかしいことを言ってのける玲に、七瀬はぱしゃんと湯をかける。

「それに今、ここで立つとこんなことになるけどいい？」

ザバーンと音をたてて湯船からお湯があふれ出る。

そして、七瀬の目の前には立ち上がった玲の――――。

「いやー！」

二度目の驚きはちゃんと声になった。

「だから言ったのに」

玲はくすくすと笑いながらもう一度湯船に浸かる。

「もう、玲のバカ。変態」

「えー、変態はひどくない？　そうさせたのはナナちゃんなのに」

「もう、知らない」

七瀬は玲に背中を向けた。

「ではお言葉に甘えて、変態は変態らしくっと……」

そう言うと、七瀬の腰にぐいっと手を回して体を密着させてきた。

「ちょっと玲！」

慌てて腰に回された手をほどこうとするが、がっしりと掴まれているので、そう簡単にはほどけそうにない。

「暴れるとお湯がなくなっちゃうよ」

玲は七瀬の肩に顎をのせて耳元でささやく。

声がダイレクトに耳に響いて、全身が泡立ち、力が抜ける。

それを感じ取った玲が、今度は抱え込むように伸ばした足で七瀬を甘く拘束した。

背中に、玲の男を感じさせる胸が押しつけられた。

「玲、近いよ……」

「うん、密着してるね」

顎を肩にのせたまま、くすくすと笑いながら話す。

そして長くしなやかな指が、ゆっくりと七瀬の脇を上下しはじめた。

「……ンっ、玲、ちょっと待って――」

「待ったら好きなようにさせてくれる？」

「それはダメだけ……ん、あっ……」

「じゃあ待たない」

玲は両手で七瀬のふたつの白い胸をぐいっと持ち上げ、赤い先端を人差し指で刺激する。

「あ、はぁ……玲っ！」

玲の熱のこもった唇が七瀬の耳を甘嚙みする。舌が耳の中ににゅるりと入ってきて、七瀬の体は湯につかっているというのにブルリと震えて鳥肌が立った。

その間も、玲のしなやかな指は七瀬の敏感な先端を、容赦なくはじき、こね回し、もてあそんでいた。

「ふふ、かわいい」

耳元でささやかれるたびに、体の奥がジンと痺れる。

胸と耳に与えられる刺激に翻弄されていると、玲の指が七瀬の下半身へと伸びてきた。

決して濃くはないその茂みを、さわさわと撫でられる。

不意に指がその奥に侵入する。

「あン……いやぁ。玲、だめぇ」

今までとは違う刺激に、思わず体がのけぞる。

「シッ！　そんなに大きな声を出したら外の人に聞こえちゃうよ」

そうだ、確かお風呂に入っている間に、食事の準備をしてもらうという話だった。

ということは浴室のドアの向こうには仲居がいるのだ。先ほどこの部屋に案内してくれた女性の顔が思い浮かぶ。

とっさに自分の手で口元をふさぐ。

「そうそう、聞かれると恥ずかしいでしょ？　我慢して」

玲は楽しそうに七瀬の耳元で意地悪なことをささやいた。

「そう思うなら、やめ……てっ――んンー！」

後ろを振り向きながら玲に必死に訴えるが、それはより一層強くなった敏感な場所への刺激で遮られた。

「お湯の中でもわかるぐらいヌルヌルしてるのに、今やめちゃうと困るのは、ナナちゃんでしょ？」

玲の指はますます動きを激しくする。

それまで割れ目をさすっていた指は、その中に隠されていたもっとも敏感な部分を暴き出し、優しく撫でる。

その緩慢な動きさえ、今の七瀬には十分な刺激で下半身から湧き起こるみだらな喜びに体がわななく。

「ヤダヤダぁ……玲ぃ」

羞恥のあまり首を左右に振る。

「ここ好きでしょ？　もっとしてほしいでしょ？」

悪魔の誘惑のようなささやきが耳から注ぎ込まれる。このまま続けられると、声が我慢できなくなりそうだ。

外で食事の準備をしてくれている人に聞かれてしまったら……そう思うと我慢する辛さと同時に、今まで感じたことのない快楽の波が押し寄せてくるのを感じる。

玲の指がさらにぐいっと七瀬の中に差し込まれる。

「クッ……ん、あぁぁ……」

耐え切れずに声をあげてしまう。耳元では楽しそうに笑う玲の声が聞こえた。

「昔はもっと我慢強かったのにねぇ。いつからこんなに堪え性がなくなったの？　そんなに外の人に声を聞かせたいの？」

七瀬の背中には、玲の熱くて硬くなったものが擦りつけられる。

すると、七瀬の中はますます熱をもった。もうこれ以上は持ちこたえられそうにない。

それなのに玲のイタズラな指は、絶えることなく動き続ける。

わざと乱暴に引っ掻き回し、より多くの快楽を引き出そうとする。

「ダメ、ダメぇえ。聞かれちゃうの……恥ずかしいのぉ。やめてぇ」

羞恥心に耐えきれず、思わず涙があふれた。

「ぁああ、泣いちゃった……。ごめんね。ちゃんとイかせてあげるから許して」

謝っているけれど、悪びれた様子など微塵もない。あきらかにこの状況を楽しんでいる。

七瀬は、ブンブンと首を左右に振って〝ダメだ〟と告げる。

「ナナちゃん、してほしいときは首を縦に振らないとダメだよ」

玲はいつからこんなに意地悪になったのだろうか？

七瀬は恨めしく思うが、下半身に与えられる刺激がより強くなって、思考も麻痺してくる。

差し入れられ暴れていた指が、七瀬の浅いところにある感じる場所を刺激する。それと同時に暴かれた小さな突起にも指が伸びる。弱い部分を同時にいじられ、とうとう七瀬は諦めた。

羞恥心を捨て玲の与える快楽だけに翻弄される。

「イッちゃう……玲」

「いいよ。イって。僕で、僕に与えられる快楽に身を任せて」

言葉は甘くて苦い媚薬になって体内に流れ込み、玲の言った通りに快感に身を任せる。

「あぁぁあん……、玲ぃ。玲……」

玲に抱えられている体が、がくがくと震えながらのけぞる。

バシャンと大きな音とともに、湯船から多くのお湯が飛び出した。

はぁはぁと肩で息をする七瀬を、玲はぎゅっと抱きしめる。

頭に手を添えられて後ろを振り向かされた七瀬の唇に、触れるだけのキスがもたらされた。

「玲のバカ、意地悪、変態！」

湯船の中での激しい行為にぐったりとした七瀬は、そのまま玲に抱えられてバスルームを出た。

バスタオルに包まれて寝室まで運ばれる。

浴衣を身に着けた玲に手渡されたミネラルウォーターを飲み、そこでやっとひと息ついた。

「着替えるから出ててよ」

「手伝おうか？」

玲が手を伸ばしてきたが、先ほどの行為を思い起こして、あわてて首を振る。

「ひとりで大丈夫だから」

するとチャイムが鳴った。

「あ、やっと来たかな？」

「誰？」

「食事の準備だよ。〝今から〟ね」

悪戯《いたずら》な笑みを浮かべ、寝室を出ていった玲を見て、七瀬は全身の力が抜けた。

扉の向こうから、玲と仲居の声が聞こえる。

「すみませんね、お食事の準備に時間いただいて、助かりました」

「いいえ、おかげでゆっくりお風呂で疲れをとることができました」

まだ身支度を整えていない七瀬には声しか聞こえなかったが、きっと営業用のキラキラスマイルを浮かべているだろうと想像する。

仲居が部屋にいないとわかっていて、七瀬を恥ずかしがらせるためにわざとあんなことを言ったのだ。そしてそれにまんまとのせられたことが悔しくて、また赤面した。

「玲のバカ！」


準備されていた浴衣に着替えて、髪をサイドに流し、シュシュで束ねた。

和室に向かうとそこにはすでに仲居の姿はなく、静かに中庭を眺めている玲がいる。

「ご飯食べよう。お腹すいたでしょ？」

七瀬の気配を感じたのか振り向いて玲が席についた。

玲の向かいに座り置かれていたメニューを見ると、京都の食材を使った京懐石だと書いてある。

玲が七瀬の方にビールの瓶を差し出してきたので、あわててコップを持ち上げた。とくとくと音をたててガラスのコップに注がれるビール。溢れそうで溢れないぎりぎりのところまで注がれる。

次に七瀬が玲のグラスにも同じようにビールを注ぎ、ふたりで〝カチン〟とグラスを合わせて乾杯した。

先付から水物まで京都らしさを感じる盛りつけと優しい味で、どれもおいしかった。中でもメインの鴨のしゃぶしゃぶは脂ものっていて、ビールがどんどん進む。

食事をしながら今日のことを振り返り、明日の予定などを話しながらお互い時折笑い声を上げる、楽しい食事となった。

七瀬はデザートの杏仁豆腐を玲の分まで食べて、大満足で食事を終えた。

「すみません、爪切りお借りできますか？」

食事の片づけを終えた仲居に七瀬が声をかけると、すぐに部屋まで持ってきてくれた。

「使い終わりましたらお部屋に置いておいていただいて結構です。では明日のご朝食までごゆっくりおくつろぎください」

そう言い残して、部屋を出ていった。

「れーい。足の爪、すごく伸びてたよ。こっちに来て」

玲は、瞬時に嫌そうな顔になり、その場から動こうとしない。

「いいよ別に、死ぬわけじゃないし」

「でもいつか怪我するよ。こっちに来て」

七瀬が手招きすると、渋々ソファに腰かけた。

大きなクッションが置いてある肘掛けにもたれて、七瀬に足を預ける。

小さな頃から玲は足の爪を切るのが苦手だった。引っ越しするまでは七瀬がよく切ってあげていたのだけれど、それからはどうしていたのだろうか？

ゆっくりと玲の足を持ち上げて爪を〝パチン、パチン〟と切る。

「ふふふ、大きな足だね」

「そう？　普通だと思うけど」

首を傾げる玲に、七瀬はまた「ふふふ」と笑った。

「だって私が知ってる男の人の足は、小学生の玲の小さな足だけだもん」

敬介や今まで付き合ってきた人の足などまじまじと見ることはなかったし、こんな風に爪を切ってあげる機会も、もちろんなかった。

小さな頃の思い出が、今へと繋がっていると思うと嬉しくなった。

こんな思いは敬介との間には芽生えなかった。玲のことは幼い頃から知っているからかもしれないが、理由はそれだけではないような気がする。

漠然とした幸福感が七瀬を包んだ。

（こんな時間が、これからもずっと続けばいいのに……）

自分の気持ちが、ようやく玲に向かって動き出している……、そんな気がした。

手のひらで足の裏に触れるとくすぐったいのか、玲が身をよじる。「じっとして」と軽く睨みながら、短く切りそろえていく。

「できた」と声に出し思わず微笑むと、玲が嬉しそうに自分を見ていたので、それをごまかすように、爪切りと切った爪を片づけ、玲の横にそっと腰を下ろそうとした。

しかし、七瀬の体はグイッと引き寄せられて、両手で横からギュッと抱きしめられる。

「で、自由時間になったら修学旅行では何をするの？」

艶めく瞳に見つめられて、鼓動が少し速くなる。

「何って、たいてい〝枕投げ〟とか〝コイバナ〟だよ」

「コイバナってたとえば？」

「秘密にしていた好きな人を発表しあったり、男子ではだれが一番かっこいいと思うかとか……」

と言いつつも、実は七瀬には、あまりコイバナの記憶がない。

「私はたいてい、先生の目を盗んで玲に電話していたから、あんまり友達といろいろした記憶がないいんだよね」

笑いながら言うと、玲が微笑んでいるのがわかる。普段から玲の顔は緩いが、いつにもましての緩み具合を不思議に思っていると、急に頬や、額、鼻先に〝チュッチュ〟とちりばめられるようなキスが落とされた。

「ちょ、ちょっと玲、急にどうしたの？」

驚いて引きはがそうとするが、玲のキスは止まない。

「だって、ナナちゃんの修学旅行の思い出に僕がいるってことでしょ？」

七瀬は、そんな小さなことで玲が喜ぶとは思ってもみなかったので驚いた。

「僕にとってナナちゃんとの思い出って、宝物だから……。ナナちゃんの大事な修学旅行の思い出に僕がいたってことが嬉しくて」

七瀬にしてみれば本当に些細なことなのだ。だがそれをこんなにも喜ぶ玲に、思わず胸がときめく。

「僕には、離れていた間、ずっとナナちゃんを思い続けていたことは、いい思い出だよ。でも——これから作る思い出の中では、ずっとナナちゃんに隣にいてほしいんだ」

「玲……」

玲の瞳に自分が映っている。自分だけが……。

ふたりの気持ちが重なりつつあるのを七瀬は感じていた。

そのまま触れるだけの優しいキスが、鼻の頭に〝チュッ〟と落とされた。

そのあと、瞼や頬、七瀬の顔中にキスが降ってくる。

「ン……玲、くすぐったい」

「健全な修学旅行用のキスにしたんだけど、物足りないってこと？」

玲を見るとその瞳には、先ほどまでと違って熱が込められている。

「それじゃあ、リクエストに応えて〝すんごい、大人の修学旅行の思い出〟ふたりで作ろう」

甘いささやきに全身の血液がざわめきだす。玲から向けられた視線の熱が身体を駆け巡り、体温が急に上がる。

「……ここじゃ、イヤ」

赤くなった頬を隠すように顔を伏せた七瀬の、甘えるような声に、玲は一瞬息を飲んだ。

「──了解」

玲はひざ裏と背中に手を入れて、軽々と七瀬を持ち上げる。

（こういうことサラッとしちゃうようになったんだな）

幼い玲が電話口で「早く帰ってきて」と催促していたのを思い出し、あの頃との違いに胸がざわめく。

あの頃甘えるのは、いつも玲だった。けれど今となってはたくましくなった彼に七瀬が心のやすらぎを与えてもらっている。

昔と変わらない部分に安心させられて、大人になった部分にトキメキを与えられる。

（玲は私の欲しいものを全部くれる……）

玲の首に腕を回すと、玲は七瀬の前髪にキスをし、そのままゆっくりと寝室に向かった。

寝室は、ベッドサイドのフロアランプだけで照らされていた。

ゆっくりと七瀬をベッドに下ろすと、玲はそのまま七瀬に覆いかぶさる。

「枕投げやコイバナなんかよりも、こっちの方が断然いい」

そう言うと浴衣のあわせに手を入れて、七瀬の白い胸に手を伸ばした。

浴衣の下に何もつけていない七瀬の無防備な胸は、すぐに玲の手にとらわれた。

ぐいっと摑まれて、彼の指先が先端に触れると、すぐに甘いしびれが全身に巡る。

「ン……」

(ちょっと触られただけなのに、はずかしい)

「すぐに反応しちゃったね。かわいい」

玲のひと言が、ますます七瀬の気持ちを高ぶらせた。

それを知ってか知らずか、ますます玲が大胆に動きはじめる。

すでに乱れている浴衣の帯をほどき、七瀬の身につけているものをすべてはぎとった。

「あ……玲」

肌を覆うものがなくなって、急に心もとなくなる。

何度か肌を見せているし、先ほどは風呂も一緒に入った。けれどこういう場面ではどうしても恥ずかしさを隠せない。

七瀬のそんな気持ちを玲は知るよしもなく、そのまま首筋に顔をうずめる。

「ん、いい匂い。この匂いが僕にイタズラさせるんだ」

まるで七瀬が悪いような言い方ではないか……。

抗議したい気持ちが湧いたが、それは一瞬にして玲に抑え込まれた。

「ふッ……うう……」

いきなり与えられた激しいキスで、七瀬の脳内が玲だけで、いっぱいになる。

ピチャピチャと音を立てられ、体内に甘い痺れが広がっていく。

「ふ、ウン……、あ……玲」

いつの間にか、玲の首に自ら腕をまわしていた。

それは「もっとしてほしい」というアピールのようだ。

それに気がついた玲は、どんどん行為をエスカレートさせた。

感覚と感情が高ぶり、自分でも制御できなくなる。

玲へのこの思いが何なのか、自分の中でまだはっきりしているわけではない。

けれど今、七瀬は玲を求めていた。それだけはゆるぎない事実。

まるで七瀬がそこにいることを確かめようとするかのように、玲の手は七瀬の肌の上を滑る。

腰のあたりで手が止まり、くるりと裏返された。

「……れ、玲？」

顔だけを起こして後ろを振り返る。

いつもとは違う洗いざらしの前髪の間から、イタズラっぽい瞳がのぞいた。

玲は無言のまま、七瀬の背筋に唇を押し当てる。舌をチロリと出し、首から腰までをなぞる。

七瀬の体はぞくぞくと肌が粟立ち、甘い声を上げた。

「あっ……ああ……それ、ダメェ」

「やっぱりここも感じるの？　いったいどこだったら感じないのか、今日は全身舐めて確かめてみようか？」

恥ずかしくて枕に顔をつけたまま首を左右にふり、か細い声で拒否を示す。

「しないで……そんなこと、しないで」

七瀬はそれを想像しただけで、体の中心が甘くうずいた。

チュッ、チュと音をたてて時折強く吸われたそこには、赤い跡が無数に散らばっている。

「忘れてた、ここはナナちゃんが一番好きなところね」

そう言うと、細い腰をぐっと持ち上げる。

「いや、こんな恰好」

腰だけをぐっと浮かせられると、七瀬のすべてが玲にさらされてしまう。

「どうして？　今、いっぱい気持ちよくしてあげるからね」

すでに蜜を滲ませている七瀬の割れ目に、玲がグイッと指を押し込む。

いきなりの異物感に、七瀬の体がぐっと上へ逃げるように上がった。

「っツ……はぁん」

玲の指はそれを追いかけるように奥へ奥へと進み、すでに知っている七瀬の気持ち良い

ところを探し出し、刺激する。

「あぁあ……そこ、しないで。ダメなの！」

ぐちゅぐちゅと響く音が余計に羞恥心を煽る。

「ははは、〝ダメ〟と〝しないで〟ばっかりじゃない。本当はもっともっとしてほしいくせに」

玲は指を差し込んだまま、七瀬に覆い被さり、耳元で七瀬をからかう。

「ほら、ここも、ここも、好きだよね。僕、昔からナナちゃんの好きなものは、絶対に忘れないんだ」

玲の声は甘い催淫剤となって、耳から全身に回る。

体を駆け上がる快楽に耐えていたその時、玲の指がグイッと一点をとらえた。

七瀬が快感に耐えきれずに、ひときわ大きな声を上げる。

「あぁあああ……んんン」

七瀬の体内に蓄積されていた快楽の火種がバチンとはじけた。

浮いていた腰ががくがくと震えて、七瀬の中にある玲の指を締めつけた。

一定の間続いた愉楽の波が収まると、七瀬は全身の力を抜き、なんとか呼吸を整えようとした。

玲も七瀬の中から指を抜くと、隣に横になる。

「――かわいい」

艶のある瞳で、うつぶせのまま肩で息をしている七瀬を見ながらつぶやく。

そして、手を伸ばし七瀬を抱き寄せて胸に収めると、つむじにキスを落とした。

「気持ちよかった？　よく眠れそう？」

その言葉に七瀬は顔を上げ、以前から不思議に思ってはいたが、聞けずにいたことを尋ねてみる。

「……玲はいいの？　あの、その、まだでしょ？」

その証拠に、玲の固くなったものが七瀬の腹部にその存在を知らしめていた。

「ん？　あぁ……しばらく放っておけば大丈夫。心配してくれたの？　ありがとう」

しかし、それでは納得できない。

「玲は……したくないの？」

恥ずかしいことを聞いている自覚があるぶん、上目でそろりと彼の様子を窺いながら尋ねる。

「……ッ、その目、反則！」

そう言うや否や、唇が重なる。七瀬はそこから行為がエスカレートしていくものだと思っていたが、優しいキスが何度か続いた後もう一度ぎゅっと抱きしめられただけだった。

「もしかして、私とは最後まではできないの？」

最近ずっと抱えていた疑問を口にする。

出会ってすぐに、七瀬自身は玲に導かれて羞恥と快楽の波の中を、何度も漂ってきた。

しかし玲のほうはというと……一度もそういったことがないのだ。恋愛経験があまりない七瀬でも、やっぱりおかしいのではないかと思う。

「僕がナナちゃんとしたくないわけないでしょ？　死ぬほどしたい」

「だったらどうして？」

よけいに理由がわからない。

「ナナちゃんはしてほしいの？」

玲の問いかけに言葉に詰まる。

（してほしい……かどうかは……）

言われてみれば――玲に触れられるのは気持ちがいいが、自分の気持ちはどうだろう？

ふたりの関係が宙ぶらりんのまま、一線を越えてしまっていいのだろうか？

ひとり考えていると玲はくすくすと笑いながら、「正直だね」とつぶやき七瀬を抱きしめた。

「本当はね、ナナちゃんが欲しくてたまらないよ。だけどね、今はその時じゃないんだ」

「どういうこと？」

「ナナちゃんと僕が身も心もひとつになるときは、そこから先、生きている間はずっと〝ひとつのまま〟ということなんだよ。ナナちゃんがどんなにあがいても離れられない」

玲の腕に力が込められた。

「だからナナちゃんにその覚悟ができるまで、僕のものにはしない」

玲は昔から見かけはやわらかいのに、意志は驚くほど強かった。

そして、七瀬の心の内を常に七瀬よりも知っている。それは出会ってから今まで何も変わっていない。

七瀬が、どこか手放しで玲との関係を受け入れていないということさえも、わかっているのだ。

自分でも処理しきれていない感情を理解してもらえているのを、嬉しいと思う反面、玲にこの中途半端な状態を押しつけている自分がひどく悪いことをしているように感じた。

「そんな顔しないで」

申し訳なさに目を伏せた七瀬の額に、キスが降ってくる。

「ナナちゃんが思っているよりも、僕はずっと幸せなんだ」

玲はとろけるような笑顔を七瀬にくれた。

ただその笑顔を今はまだ一〇〇パーセントの自分で受け取れない。

(もう少し、もう少し待ってね……玲)

不器用な自分を情けないと思いながらも、待つと言ってくれた玲の優しさに甘えることにした。

＊　　＊　　＊

翌日ゆっくりと起きたふたりは朝食を取り、少し距離はあるが歩いて清水寺を目指した。清水寺へと続く産寧坂《さんねいざか》は普段運動をしない七瀬には少々きつかったが、玲に手を引かれて歩けばすぐだった。

清水の舞台では、お決まりの光景にふたりして息をのみ、一緒に撮った写真は七瀬の目が半分閉じてしまっていたが、それさえも良い思い出になりそうだ。

「玲ー！　こっちだって。早く早く！」

七瀬が玲の手を引っ張って急がせる。行先は「地主神社」で、お参りすれば恋の願いが叶うと言われている。

まずは、身を清めてから参拝する。

そして有名な恋占いの石のある場所に来た。離れた場所にあるふたつの石。その間を目を閉じて歩き、反対側の石にたどり着くことができれば、恋が叶うという。

学生たちがはしゃぎながら、ふたつの石の間を歩いている。

「試してみる？」

「しない」

「え？」

こういうことは、進んでやるタイプの玲からの思いもよらない返事に少々驚く。

そんな七瀬に玲は不満顔を見せた。

「僕たちには占いなんて必要ないでしょ？　最終的にどうなるかっていうのはもう決まっ

ているんだから」

至極当然という顔をされて、今度は七瀬が驚いた。

（なんて、自信満々なの！　でもそれが玲らしい）

玲は小学生の頃からこういったところがあったと思う。

心配性ですぐに一歩が踏み出せない七瀬の背中を押してくれたり、一緒に手をとって歩いてくれていたのは玲だ。彼はいつだって自分の気持ちに素直で、絶対的な自信を持っている
（小さい頃は私が怜を守っているつもりだったけど本当は違ったのかもしれない）

ひとりでいろいろ考えていると、玲が「こっち」と手を引っ張った。

お札などを販売している場所に七瀬を連れてくると、玲は七瀬をおいて絵馬を買ってきた。でも彼の手には一枚しかない。

「あ、じゃあ私も買ってくるね」

歩きだそうとした七瀬を、玲が止める。

「ふたりで一枚で十分でしょ？　どうせふたりのお願いごとは、一緒なんだから」

高校生ぐらいのカップルの隣で、玲は備えつけのペンで何やらサラサラと書きはじめる。内容が気になり玲の手元を覗く。

『過去と同じように未来もふたりで紡げますように』

と書いてあった。そして、

『黒住　玲
　　七瀬』

と。


「これ一回やってみたかったんだよねー！」

と満面の笑み。

確かに小学生の時なんか好きなアイドルの苗字の下に、自分の名前を書いて悦に入っていた記憶がある。

そんな乙女チックなことを玲がするなんて意外だった。嬉しいような気恥しいような複雑な気持ち。でも胸の中がほわほわとあったかい。

「一緒に吊るしに行こっ」

七瀬は玲に声をかけて、自ら玲の手を引っ張り歩きはじめた。

玲がふいに笑顔になり、ぎゅっと手を握り返した。

その日の午後、ふたりは京都を後にした。

新幹線を降り、食事をすませてから帰ろうという話になって、駅からタクシーでふたりが再会したダイニングバーへと向かった。

（そう言えば最近は全然来てなかったな……）

あの日、バーテンダーの前で自分のした失態を思い出して、足が少し止まってしまう。

「どうかした？　ナナちゃん、行くよ」

後ろを振り返った玲に、促される。

「……うん」

ここまで来て、今さら引き返すわけにもいかない。

覚悟を決めて玲の後に続いて店に入った。

「いらっしゃ……おっ！　玲、久しぶりじゃんか」

カウンターからいつものバーテンダーが、玲に気軽に話しかけたのに驚いた。

「ふたりなんだけど、いける？　軽く飯食わせて」

「カウンターにどうぞ」と声をかけてきたバーテンダーは「ナナちゃんもどうぞ」と名前を呼んだ。

さらに名前を呼ばれたことに、首を傾げる。

確かに何度もこの店には通ったけれど名前までは教えていなかったはずだ。

不思議に思いながら玲の隣に座る。

「ナナちゃん何飲む？」

「カンパリソーダにする」

すると玲は、自分のジンバックとともに、バーテンダーに注文してくれた。

「今日はふたりでどこか行ってたのか？」

カウンターからバーテンダーが話しかけてくる。

「京都」

短く答えた玲に「京都って、旅行かよ？　いいなぁ。サラリーマンは」と、うらやましいという感情を隠しもしないで、カクテルを作っている。

「あの……玲、知り合いなの？」

自分だけが蚊帳《かや》の外状態に耐え切れずに、玲に尋ねた。

「あれ？　言ってなかったっけ？　コイツはユージ。俺の悪友。イタリアンレストランのコージの弟」

「イタリアン……コージ？」

その単語が脳内で結びつき、目の前のバーテンダーともつながる。

「確かに、顔がそっくり」

「そうでしょ？　ちなみに俺は玲のスパイだから」

少し意地悪く言うユージの言葉に、玲は彼を軽く睨んだ。

「ちょ、よけいなこと言うなよっ！」

いつも冷静な玲が、珍しく焦っている。

「それってどういう意味なの？」

「ナナちゃん……どうしても言わないとダメ？」

　玲は本当に困っているのか、前髪をガシガシとかいていた。

「実は、この店にちょくちょくナナちゃんが来てるって、玲に教えてたんですよ。すみません」

　ユージは七瀬の前にカンパリソーダを差し出しながら、告白した。

「玲、どういうこと？」

　思わずきつく問い詰めてしまう。

「怒らないでよ、ナナちゃん。実はあの誕生日の日よりもずっと前に、この店でナナちゃんを見かけたことがあったんだ」

　バツの悪そうな表情を浮かべながら、玲は話を続ける。

「こっちでの仕事があって日本に帰ってきていた時に、よくここに来てたんだ。ナナちゃん変わってなくて、ひと目でわかったよ。話しかけようと思ったんだけど、いつも誰かと一緒だったし……」

　目の前にあるお預け状態のジンバックを見つめながら言う。

「もちろん小さい頃から、コージとユージにはナナちゃんのこと話していたから。だからここでのナナちゃんの様子を、僕にいろいろと教えてくれてたんだよ」

「それであんなにタイミングよく現れたのね？」

　あの日の再会は完全なる偶然ではなかったのだ。

「種明かしをすればそうなる。黙っててごめんね。でも決めてたんだ。誕生日の日にこの店にナナちゃんが来たら、絶対会って目を見て〝おめでとう〟を言おうってね」

ユージが玲の言葉に不満を露わにした。

「それだと俺はおせっかいで、スパイしてたみたいじゃないか？　電話するたびに、『ナナちゃんは？』って聞いてたのは、どこの誰だよ？」

「おい、だからそういうことはばらすなって……」

カウンターの向こうから話に加わったユージの暴露に玲が肩を落とす。

「でも、神様は玲に味方した。よかったな、玲」

「あぁ、もうなんとでも言ってくれよ」

すべてばらされた玲は、少々投げやりだ。

「どうして言ってくれなかったの？」

「スパイを頼んだなんて恥ずかしくて言えないよ」

彼は顔を背けて、小さい声で言った。

「でも、俺のおかげで今ふたりは、ラブラブなんだろ？　今日はお礼として玲のおごりで死ぬほど飲んでいってね」

そう言うとユージは、別の客のところへと移動していった。

玲が七瀬の表情を窺うようにして見つめる。

「怒った？」

「怒ってないよ。もっと早く声かけてくれればよかったのに……」

しかし、玲は少し考えたあと首を左右に、振る。

「違う、やっぱりあの時でよかったんだよ。あの日にナナちゃんを連れ去ることができたから、今僕たちはこうやって並んでお酒を飲んでるんだよ」

にっこりとほほ笑む玲の顔を見ながら七瀬も心の中で同意する。

（確かにあの日だったからこそ、玲との関係がここまで進展したんだ……）

「今日はお詫びに、好きなだけ飲んでもいいよ」

「家に帰るまでが修学旅行だから、はめは外さないようにするね」

「チェッ。酔っぱらったナナちゃんを介抱したかったのにな」

本気か冗談かわからない玲の表情を見て、七瀬は神様に感謝した。

——あの日、玲と再会させてくれてありがとうございます。

第八章　終わった恋の片づけ

季節は四月。春になった。

近くにある児童公園の桜の木も満開とはいかないが、多くの薄いピンクの可愛い花をつけている。

最近玲は忙しいのか、自宅でも仕事をしていることが多い。

あさひ堂に常駐してはいるものの、他にも案件を抱えているからだ。

本社とのやり取りや資料をチラリと目にすることはあるが、それが英語だということぐらいしか、受験用の高校英語で知識がストップしている七瀬にはわからなかった。

「ねぇ、ニューヨークってどんなところ？」

玲が作業しているノートパソコンの横にマグカップを置く。

中身はミルクたっぷりの紅茶だ。

玲は仕事の手を止めて、マグカップの紅茶をひと口飲んだ。

「んー？　興味ある？　どう言えばいいんだろう。個性の寄せ集めって感じかな。だけどエネルギッシュ。魅力的な街だよ」

テレビで見たニューヨークの街の風景が思い浮かぶ。

「ナナちゃん、行ってみたい？」

「うん。玲がどんなところで育ってきたのか興味があるかな？　おばさんにも会いたいし」

彼の母親は、今のふたりを見てどう思うだろうか。

玲は母親にとてもよく似ている。

「近いうちに一緒にいこう」

「海外だよ？　そんなに簡単にいけないよ」

首を振りながら玲の隣に、腰を下ろす。

本題に入るためだ。

「私、今日ちょっとでかけてくるね」

「ん、了解。どこに行くの？　一緒に行こうか？」

玲ならばそう言うであろう。七瀬の思った通りだ。

「ううん。ひとりで行ってくる。式場のキャンセルだから、こればかりは玲に頼るわけにはいかないもの」

「別にそんなこと気にしなくていいのに……」

恋はすでに終わっている。

だけど清算するべきものが、まだ残っているのだ。

本来ならばすぐにでもキャンセルするべきだったのだろうが、その後の話し合いも含めて一気に片づけたいという敬介の意向で、ふたりで式場に出向き謝罪をすることになっていた。

だが、敬介がなかなか時間を作ってくれずに結局今になってしまったのだ。

(まぁ、嫌なことをすぐ先送りにする敬介らしいけど)

過去のいろいろなことを思い出しそうになってしまう。

「アイツも来るの？」

玲は敬介の名前をだすと、途端に不機嫌を顔に表した。

普段仕事中は感情をあらわにすることなんてほとんどない玲が、それはもうあからさまに。

「うん。仕方がないよ。今日全部片づけたいし」

苦笑いで返すと、「やっぱりついていく」という玲をなだめて、スプリングコートに袖を通し、七瀬は敬介と式を挙げる予定だったホテルに向かった。

改札を通るときに、ポケットにスマートフォンが入っていないことに気がつく。

いったん改札をくぐって、バッグの中身を確認してもない。

(そういえば……充電器に置きっぱなしだった)

駅の時計を見れば、時間はぎりぎり。

七瀬はそのまま、敬介との待ち合わせに向かうことにした。

ホテルの外から見える待ち合わせ場所のティールームにはすでに敬介の姿があった。

少し足を速めて敬介のもとへ急ぐ。

（いつも遅れてくるのは敬介だったのに。今日に限って先に来るんだ……）

終わった恋の傷がよみがえってきて、胸が痛んだ。

「お待たせ。私、遅かった？」

「いいや、ぴったりだ。七瀬は遅れたりしないだろう？」

向いの席に座るように促されたが、それよりも早くサロンへ行きたかった。

「先に手続きを終わらせましょ」

しかし敬介に、ふたりを担当するはずだった式場の人が、急な予定で少し遅れると言われて、結局腰をかけた。

「俺には連絡あったんだけど、七瀬にはなかったの？」

「スマホ置いてきちゃったから」

（こういうときに限ってスマホに連絡あるんだよね）

仕方なく席に着くと、敬介がコーヒーをふたつ頼む。

「最近どう？」

あたりさわりのない会話を始めた。別れたカップルには、こんな話題ぐらいしかない。

「ん、特になにも……」

（あなたに振られて傷ついてます、とでも言ってほしいの？）

心の中に嫌な感情が渦巻いていく。

運ばれてきたコーヒーを口にして、顔をしかめた。

「そっか……。いろいろ悪かったな……」

敬介の口から出た予想外の言葉に、七瀬は正直驚いた。

付き合っているときからそうだったが、敬介はめったに謝らない。

ケンカをすれば、たいていはその状況に耐えきれなくなった七瀬が謝って収束に向かうのが、ふたりの間のルールみたいになっていた。

「ん、もういいよ。終わったことだし」

なんだか敬介を正面から見ることができずに、七瀬はずっとテーブルの上に置かれている、シュガーポットを見つめていた。

「よくないだろ……。俺、間違いなくお前を傷つけた」

「それはそうだけど……じゃあ、私が敬介——谷本さんにヒステリックに泣きわめいて、縋りつけばよかったの？」

そんな自分が想像できない。

「あぁ、本当はそうして欲しかったのかもな」

敬介の言葉に七瀬は驚き、彼をまじまじと見つめた。

(何、今頃勝手なこと言っちゃってるの？)

小さな怒りが湧いてきて、ひざにおいていた手をぎゅっと握る。

ひとこと言おう……そんな風に七瀬が思ったときに聞き覚えのある声が響いた。

「敬介さーん」

ティールームの入り口から甲高い声が響く。

視線を向けるとそこには、こちらに駆け寄ってくる沙月の姿があった。

驚いて目の前の敬介を見ると、うろたえているようだった。

「ふふふ、来ちゃった！」

顎に軽く手を当てて、小首をかしげている。

「おい、今日はついてくるなって言っただろう」

「だってぇ、敬介さんが元カノと会うなんて言うから心配で」

ちらりと七瀬の方を見る。その目にある種の優越感みたいなものを感じる。

「もしかしたら、最後のチャンスだと思って敬介さんとよりを戻そうとしたりしたらイヤなんだもん」

わざと甘えるような口調で言う沙月に、七瀬は嫌悪感を覚える。

敬介の隣に腰を下ろすと、チラリと七瀬を見る。

その視線は敬介に向けるものとは明らかに違って、冷たく鋭かった。

「……谷本さん、式場のキャンセルは私の方でやっておきます——今日はおふたりでデートにでも行ってください」

「いや、でもキャンセル料とかいろいろあるし」

ふたりで話し始めるとそれさえも気に入らないのか、沙月が口をはさむ。

「敬介さぁん。私このホテル気に入っちゃった。キャンセルするのはもったいないから、いっそのこと私たちがその日に式を挙げちゃいませんか？」

「な、何言ってるんだよ！　冗談もほどほどにしろよ」

さすがに敬介も沙月のトンデモ発言に驚いているようだ。

「妹尾先輩も式には来てくれますよね？　あぁ、でも敬介さんの横に立っているのが自分じゃないなんて、プライドの高い先輩には耐えられませんか？」

そうだ。本来ならば自分がそこに真っ白なウエディングドレスを着て、立っているはずだった。

そこに立つ別の女性に「おめでとう」なんて言葉をかけられるはずがない。

「いい加減、やめるんだ、沙月」

敬介にたしなめられ、「ごめんなさぁい」と悪びれた様子もなく答える沙月が、また七瀬を見る。

あざ笑うような表情だ。

「敬介さぁん、私たちの式の準備もあるんだから、早く片づけてくだ……」

勝手なことを言い募る沙月の声を遮ったのは、敬介でも七瀬でもなかった。

「――僕もそれには賛成です」

三人の前に現れたのは、玲だった。

「ダメじゃない、これを忘れて行っちゃ」

作ったような笑顔で七瀬にピンクのケースのスマートフォンを渡した。

「玲、どうして？」

「ナナちゃんがうちを出てすぐ電話が鳴ったんだ。それで用件を伝えに来た」

ふたりの会話に、敬介が割って入る。

「七瀬、どうして、黒住さんがここに来るんだ？」

敬介にしてみれば、不思議に思うのも当然だ。

「あっ、それは……」

「それは説明しないとおわかりいただけないですか？」

にっこりとほほ笑む玲に、敬介は何も言えなくなったようだ。今の玲には、他人に有無を言わせないような威圧感が漂っている。笑顔なだけによけいに怖い。

敬介の隣に座る沙月の鋭い視線には、敵意さえも感じる。

玲は七瀬の隣に座ると、すぐに口を開いた。

「谷本さん、早川さんとの式をこちらでされるのであれば、それはそれで結構です」

「玲！」

「キャンセルもそちらにお任せしますし、お金ならいくらでも払います」

まっすぐに敬介を見つめて話す。

「ですので、これから連絡はナナちゃんではなく、僕の方にください」

プライベートの携帯番号が書かれた名刺を敬介に差し出した。

「……それはどういうことですか？」

敬介が鋭い視線を玲に向ける。

「ご想像にお任せしますよ」

挑発するような玲の態度に、敬介が低い声で七瀬を問い詰める。

「七瀬、お前俺のマンションすぐに出ていったけど、今はこいつのところにいるのか？」

今まで〝黒住さん〟と呼んでいたのが〝こいつ〟に変わる。

「誤解しないでほしいんですが、ナナちゃんが僕と再会したのはあなたと別れてからだ」

「再会って……、じゃあ飲み会の時に話していたのって、妹尾さんのことなの？」

ここで沙月が急に口をはさむ。

玲は沙月を一瞥するだけで何も答えなかった。

七瀬は目の前で繰り広げられる光景を、ただ黙って見ているだけだった。

「ナナちゃん、これでいい？」

状況の整理がおいつかず、ただ見ていることしかできずにとりあえず頷いた。

「あ、うん」

半ば押し切るような玲の態度だったが、早くこの場を離れたかった七瀬は素直にそれに従った。

「ちょ、ちょっと待てよ。昔からの知り合いだか何だか知らないけど、七瀬のことちゃんとわかってるのか？」

七瀬の代わりにすべてを進める玲のことが面白くないようだ。

「少なくとも、ナナちゃんに苦手なコーヒーを飲ませてるあなたよりは、理解しているつもりですよ」

確かに、七瀬はコーヒーが苦手だ。飲めないわけではないが、すぐにお腹が痛くなってしまう。

だが敬介は付き合っているときに、そんなこと気にとめてもくれなかった。

「何飲む？」ではなく、いつも「コーヒーでいいよな」だった。

自分が注文するときは、必ず紅茶を頼んでいたがそれに敬介が気づくことはなかったのだ。

「これ以上は、ここにいる意味もありませんので、失礼します。行こうナナちゃん」

「うん」

ふたりして立ち上がり、二、三歩足を進めたところで、玲が振り返り沙月に言った。

「ここで式をあげるのは、いいことだと思うけど、キミがどんなドレスを着てもナナちゃんには敵わないと思うけどね！」

玲は笑顔で辛辣な言葉を残してその場を去った。

どんどん先へ進む玲に手を引っ張られながら、七瀬は、もつれそうになる足を必死で動かした。

「はぁ、はぁ、玲、ちょっと待って」

声をかけるとやっと玲は止まったが、急すぎて七瀬は玲の背中に顔をぶつけた。

「ごめん」

玲は前を向いたまま、七瀬を見ずにひと言謝る。

「勝手に出しゃばってごめん。みんなには秘密にしたいって言ってたのに」

玲はうつむいたままだった。彼としても先ほどの行動は衝動的だったようだ。

「どうして玲が謝るの？　私だけだったら、まだあのふたりに振り回されてたと思うよ。だから感謝してる」

「本当に？」

許しを請う玲の態度に申し訳ない気までしてきた。

（私が気持ちを全部玲に預けていれば、玲はここで謝らなくて済んだはず）

過去の恋をきちんと清算もできず、新しい恋へ一歩踏み出すこともできず、すべてが中途半端な自分がどうしようもない人間のように思えた。

「私こそ、恋のひとつも自分の力で終わらせることもできなくて、ごめんね」

後ろからギュッと玲に抱きつく。

七瀬が巻きつけた腕を、玲がポンポンとなだめるように叩いた。

「これでよかったんだよ。これで……」

自分に言い聞かせるように七瀬はつぶやいた。

七瀬の手を解いて、振り向いた玲の顔が近づいてくる。人目が少ない場所ではあったが、一応外だ。

「ちょ……と……ン」

下からすくうような玲の唇に言葉は遮られた。

いつもよりも激しいキスに体が震える。

結局、式場のことは敬介任せになってしまった。

宙ぶらりんの状態を解消しようとホテルにまでやって来たのに、何も変わらないままだ。

（いつもの玲のキスは、私に与えるようなキスなのに）

今日のキスは——玲の欲しているものすべてを貪られるような、そんなキスだ。

その激しさに抗うこともできず、七瀬はただそれを受け入れた。

＊　　＊　　＊

七瀬はまだ始業までかなり時間のあるオフィスで、先週やり残していた仕事を黙々と片づけていた。

もやもやとした気持ちをごまかすように仕事に集中する。

しかしそれも、もやもやの原因のひとつに呆気なく壊された。

「妹尾さん、ちょっといいですか？」

（こうなるとは思ってたけど、朝一番か……）

呼び出されて向かったのは、ほとんど利用する人がいない資料室だった。

「人がいるところで話すことじゃないですからね」

沙月がそう切り出す。

七瀬は口を挟まずじっと黙って耳を傾けた。

「妹尾さんって、本当に嫌な女です」

まさかそんなことを言われるとは思ってなかった。それも沙月に……。

「敬介さんの次は、黒住さんですか？」

鋭い視線が突き刺さる。黙ったままの七瀬を煽るように、傷つける言葉を投げかけてきた。

「次々に男の人をわたり歩いて恥ずかしくないんですか？」

その言いようにさすがの七瀬もカチンときて言い返す。

「敬介――谷本さんとのことは真剣でした。それに彼が別れを告げた原因は私じゃなくて、あなたでしょ？　私が罵られるのはおかしいと思うのだけど」

「でもすぐに黒住さんの家に引っ越しするなんて、節操なさすぎです」

（そこは否定できないけど……）

「早川さんには関係ないことだわ。谷本さんと私はすでに終わったのよ。そのあとのことに関してあなたには何も言われたくない」

「確かに関係ないです……でも私、そういう女の人って大嫌いなんですよね」

どちらかと言えば、被害者は七瀬のほうだ。それなのになぜ沙月がここまで不機嫌になっているのかわからない。

「どうしてそこまで言われないといけないの？」

「私自身、自分が嫌な女だってわかってるんですよ。だからかな……妹尾さんみたいに表向きは真面目そうにしていて、裏で好き勝手してる人を見ると虫唾《むしず》が走るんです」

完全に難癖をつけられていると、七瀬は感じた。

「あなたが私のことをずいぶん前から嫌っていたことは、気がついていたわ。でも、だからって私があなたに謝らなければいけないの？　そうすればあなたの気がおさまるの？　違うでしょ？」

七瀬の言葉に、沙月は悔しそうに唇を噛んだ。彼女自身も自らの行いが八つ当たりに近いものだという自覚はあるようだ。

「正直どうすれば、あなたの気が済むのかわからない。谷本さんとの連絡は玲……黒住さんがすべてしてくれるってことだから、もう彼と関わることはないわ。仕事があるの、もう行くわね」

いつまでもここにいたところで埒が明かない。

そう判断した七瀬は一気にまくし立てて資料室を出た。

（ずいぶんと嫌われちゃったな……）

女として生きてきて、いろいろな争いごとはそれなりに経験してきたが、そこには何かしら理由があった。

ただ沙月に関しては、原因が全く分からない。こうなれば放っておくしか方法はない。

そう思いながら、沈んだ気持ちを抱えたまま、仕事に戻ったのだった。

第九章　幸せですか？

「失礼します」

この小さな会議室に、人はあまり来ない。

なぜなら玲がそれを望んでいるからだ。

この数ヶ月で玲は、自分のやりやすいように環境を整えてきた。

玲は人を動かすすべを知っている。いろいろな会社でいろいろな人を相手に結果を出してきた彼には、あさひ堂の面々は言葉は悪いが扱いやすい相手だった。

この女《ひと》以外は。

「どうしたんですか？　わざわざこんな狭いところに」

万人受けする笑顔を相手に向ける。

「私には、そんな作り笑いしていただかなくて結構です」

相手はニコリともしない。

内心面倒だと思うが、笑顔は崩さずに答える。

「早川さん……嫌だなぁ作り笑いだなんて」

そう言いながら、近くにある椅子を勧めると相手はそこに腰かけた。

「で、何かご用ですか？　用事もないのにこんなところに来ないですよね？」

向かいの席に座るとさっそく用件を聞く。

「黒住さんは、どうしてあさひ堂のコンサルティングを引き受けたんですか？」

昨日あんなことがあったので、七瀬との関係を聞かれると思ったのに、予想外の質問で少し驚いた。もちろんおくびにも出さないが。

「どうしてって、どういう意味ですか？」

彼女は何を言おうとしているのかと、様子を窺う。

「あさひ堂はあなたの会社が関わるような規模の会社ではないわ」

「そんなことないよ。会社の大きさは関係ないからね」

玲の言葉に納得できなかった沙月は、さらに突っ込んで尋ねる。

「業績も良くない、それに経営陣も旧態依然として変化を嫌う人が多数……」

（そっか、この子は副社長の娘だった）

何も知らないお嬢様かと思っていたが、自分のまわりで起こっていることについては、鋭い観察眼を持っているようだ。

「よく知ってるね～、エライ！」

「ふざけないでください。きちんと答えて」

茶化すような玲に、沙月は噛みついた。けれど玲は決して笑みを崩さない。

「それは企業秘密だから教えられないよ。ごめんね」

しかし相手はこちらを睨んだままだ。

「妹尾先輩ですか？」

「ん？」

「妹尾先輩がいる会社だから、建て直しに名乗りをあげたんですか？」

七瀬の名前を出した途端、表情が変わる。攻撃性がそがれ少し不安げな色が目の奥にやどる。

（この子……もしかして）

「ははは、まさかっ。仕事に私情は持ち込まないよ」

胸の内を隠し、笑顔の下で相手の動向を探る。

「そうですか……私にもまだチャンスがあるってわけですね」

沙月はつぶやくように言いながら、今まで一切見せなかった笑顔——何かをたくらんでいるような、決して親しみのこもったものではない——を見せた。

「私、今日から黒住さんのお仕事のお手伝いしますね」

このとき沙月の顔には、表の顔である胡散臭い笑顔が戻ってきていた。

「ん？　それはどういうこと？」

何かあるとは思っていたけれど、想像していなかった申し出にイラッとする。

もちろん顔には出していないけれど。

（面倒なことになったな）

「そのままです。父には許可をとっていますし、総務部長もダメとは言えないでしょうね」

「僕は別に手伝いなんていらないですよ。どうぞ、お気づかいなさらずに」

無駄だとは思うが一応断ってみる。

「私がそうしたいから、そうするんです」

そんな都合のいい理由で仕事を選べるわけなどない。しかし今まではそれがまかり通ってきたということだ。ここにもこの会社の問題があると、内心ため息をついた。

「そうしたいって、どうして？」

「ふふふ、あなたが気になるから……とでも申し上げておきましょうか」

含みのある言い方をする沙月からは、何かをたくらんでいる様子が手に取るようにわかる。

「君には谷本さんがいるんじゃないの？」

「ふふふ。そうですね。妹尾さんの元婚約者で、今は私の婚約者の谷本さんね」

もってまわったような言い方に嫌悪感が募る。

「本当の目的は僕？　それとも……」

「先ほど申し上げた理由以上のことなどありません。よろしくお願いします。黒住さん」

顎に人差し指をあてて小首を傾げ、満面の笑顔を見せた沙月は、言いたいことだけを言うとさっさと部屋を出て行った。

（思ったよりも面倒だな）

相手の欲しているものが理解できた玲は、この状況を受け入れるしかなかった。

まだ敵が自分の目の届くところにいるのならばその方がいい——彼女のそばをうろつかれるよりも。

＊　＊　＊

「黒住さぁん、これって何部印刷すればよかったですかぁ？」

「あぁ、それは十五部でかまわないよ。助かるよ。ありがとう」

甘い声の沙月と、それに応えにこやかに笑う玲の姿に社内の人間は驚いた。

それはそうだろう。

今まで何かあれば七瀬に頼んでいたような仕事を、沙月が代わりにやっているのだ。

七瀬も最初は驚いた。

だが、沙月が七瀬に聞こえるように取り巻きに話しているところに出くわして、状況は理解した。

それはあくまでも仕事で、上司が許可しているのであれば、七瀬は何も言えない。

でも、それと気持ちは別問題で、かなり胸の内がモヤモヤしている。

（敬介はこのこと知ってるのかな？）

今の状況を見れば、敬介も七瀬と同じように感じるのではないか。

結婚を控えた女性が相手の男性以外に取る態度ではないと……。仕事中の七瀬には考えられない。

いやむしろ、たとえ好きな相手に対しても、仕事中にあの態度は取らない――というぐらいの甘さだ。

そして、いつもは気にならない沙月の取り巻きたちのはやし立てるような会話も、七瀬の気持ちを逆撫でした。

「なんかイライラしてます？　イケメンとの接点がなくなってションボリっすか？」

西本にまで突っ込まれてしまい、気持ちが態度に出てしまっていたことに気づいた。

「無駄口たたいてると、手伝ってあげないわよ」と軽く睨むと、「マジ、勘弁してください」と半泣きで返すその顔がおかしくて少し笑えた。

（それにしても、玲もあんな笑顔で接することないのに……）

小さなやきもちを胸に抱えたまま仕事に取り組む。

ここで七瀬が何を言っても状況は変わらないのだから。今は目の前の仕事を頑張るしかない。

その日の午後、七瀬は仕事がひと段落して、紅茶でも飲もうとリフレッシュコーナーへと向かった。

すりガラスの向こうに見えた人影は、本来ならば、クルリと方向転換してその場を去りたい相手だった。

自動販売機から、コップの中に液体を注ぎ終わったという合図の音が聞こえても、その男性は動かずにじっとしたままだ。

（気まずいな……でもなんか様子がおかしい？）

七瀬は意を決して声をかけた。

「け……谷本さん」

七瀬の声に肩をビクっとさせて、おもむろにこちらを振り向く。

「あぁ、七瀬か……」

力なくほほ笑む敬介は、誰が見ても元気がないのだとわかる。

付き合いが長い七瀬ならばなおさらだ。

「あ、ごめん。ここ使うんだろう？」

財布を持った七瀬に気がついて、自販機の前を譲った。

「コーヒー忘れてる」

取り出し口から紙コップを取り出し、敬介に差し出した。

「ありがとう」

苦笑いを浮かべて受け取り、壁にもたれてひと口飲んだ。

七瀬は、コインを自動販売機に入れ、お気に入りの甘いレモンティのボタンを押す。

「確かに言われてみればお前はいつも紅茶だったな……」

昨日の玲の言葉を思い出してのことだろう。笑顔を浮かべてはいるが、どこか覇気のないその表情を見て七瀬は心配になる。

「どうしたの？　仕事で何かあった？　それとも……」

沙月の話をしようとして言いよどむ。

あの状況をまだ敬介が知らないのであれば、今ここで七瀬がわざわざ言い出す必要はないと思いとどまる。

「お前、幸せだった？」

「えっ？」

突然の問いかけに上手く反応ができない。

「俺と一緒にいて、幸せだったか？」

先ほどまでの覇気のない様子が一転して、今は真剣な表情になっている。

こんな敬介を最後に見たのはいつだっただろうか？

思わず敬介の顔をじっと見てしまう。

「……って今さら何の話をしてるんだろうな。ごめん、どうでもいいことだよな。忘れて」

コーヒーを飲み終え紙コップを潰すと、それを敬介が投げた。それは綺麗な放物線を描いて、迷いなくゴミ箱へと入った。

「――幸せだったよ」

すでにパーティションの向こうへと歩き始めていた敬介に、思わず声をかけた。あんな別れ方をしたけれど彼と過ごした三年間には楽しいことだってたくさんあった。

初めて結婚を意識した相手だ。その人といて幸せじゃなかったなんて、そんなことあるはずがない。

敬介が足を止める。

「敬介のこと、好きだったよ」

もう過去のものになりつつあるが、この気持ちは決して嘘ではなかった。

だからこそ、どうして敬介がそんなことを訊いてきたのか理由はわからないが、自分の気持ちはきちんと伝えておきたかった。

敬介が七瀬のほうを振り返る。彼は悲痛な面持ちで、七瀬を見た。

「じゃあ、どうしてあんなに簡単に別れを承諾したんだ」

険しい表情で自分勝手なことを言い始めた敬介に、七瀬は声を荒らげて言う。

「か、簡単なんかじゃなかった！　結婚まで考えたんだよ。簡単なはずないじゃない！」

我を取り戻した敬介は、自分の失言に気づき、七瀬に謝罪した。

「ごめん、怒らせるつもりじゃ……」

その時、電話の着信音が鳴り響いた。

「……あ」

七瀬はポケットに入れておいたスマートフォンを取り出す。

相手は西本だった。

「本当にごめん。電話出て……俺行くわ」

敬介は七瀬の手の中で鳴り続けるスマートフォンを一瞥してから、今度こそその場を去って行った。

「……いったいなんなのよ」

『なんなのよ……じゃないっすよ。ずいぶん長時間席を外して、いったいどこにいるんすか？』

電話から聞こえる西本の声で、自分が思わず電話に向かってつぶやいていたことに気がつく。

「ごめん、ごめん、お茶買ったから戻るよ」

デスクに戻ると、西本は不思議そうな顔をしている。

「お茶買いにいったんですよね？　で、お茶は？」

七瀬に置き去りにされたレモンティは、いまだ自販機の中だろう。

（私、敬介の言葉に動揺してた？）

自分の気持ちの揺らぎを否定しようと、ブンブンと頭を横に振った。

それを見ていた西本が「大丈夫っすか？」と声をかけてきた。

＊　　＊　　＊

その日は玲の戻りが遅く、七瀬はひとりだったので食事は軽く済ませた。

ひとりぶんの食器は、食洗機を使わなくてもすぐに洗い終わるはずなのに、気がつくと手が止まってしまっていて、なかなか終わらない。

『幸せだったか？』

敬介の真剣な表情とセリフが頭に浮かんでくる。

(敬介ったら、今さらなぜあんなことを――ちょっと思い出して、懐かしかっただけなのかな……)

昼間の出来事について考えていると、水道の水が止まった。

はっとして、振り向くとそこには玲が立っている。

今帰ってきたばかりらしい玲からは、冷たい外の空気が感じ取れた。春先でまだ夜は肌寒いからだろう。

「何やってるの？　ずっと声かけてたんだけど」

覗き込まれると、心の中を見透かされそうで不安になり、思わず目をそらす。

「なんでもないの。疲れてるのかな？」

笑ってごまかしたが、うまくできたかどうかわからない。

腕まくりしていた右腕に、玲の視線が止まる。

肘の十センチほど下あたりを見られているとわかった時に、七瀬はハッとしてすぐに袖を下ろした。

「どうして隠すの？」

「別に、隠してなんかないけど」

「他の人には隠してもいいけど、僕には隠さないで」

（玲だから、隠したいのに……）

玲が、七瀬の右腕の袖をまくってその傷痕を見る。

そこには、引き攣《つ》ったような傷痕があった。

「これ、まだ残ってたんだ……」

そっと優しく傷に触れる、つらそう表情の玲を見て、やはり見せるべきじゃなかったと後悔する。

* * *

それは、玲が七瀬の家の隣に引っ越してきて一年ほどたった頃だった。

その日帰宅がいつもよりも遅くなったふたりは、玲の提案で近道になる公園を横切っていた。

夕暮れに染まる街は、帰宅途中の人に交じりペットの散歩をしている人も少なくない。

それはいつもと何ら変わらない光景だった。

ただその日は公園の入り口で、ペット談義に花を咲かせている大人たちがいた。飼い主が話に夢中になって気を抜いた隙に、大型犬が逃げ出してしまった。

そして、運悪く通りかかったふたりめがけて突進してきたのだ。

玲は七瀬の手を引いて逃げようとしたが、犬が苦手な七瀬は固まってしまって動けない。

「ナナちゃん！」

七瀬がやっと玲の声に反応したときには、犬はすでにふたりの目の前にいた。

咄嗟に玲は前に出ようとしたが、七瀬に腕を引っ張られて後ろに尻もちをついた。

顔を上げると、両手を広げて玲を守るようにして立つ七瀬の背中が見えた。

「ナナちゃん！」

その瞬間、七瀬の右腕に犬が嚙みついた。

すぐに立ち上がり七瀬に駆け寄る。大人たちは犬を取り押さえて、七瀬の様子をうかがっていた。

「どいて！　ナナちゃん！」

大人たちをかき分けて七瀬に近寄った玲は、彼女の右腕から流れる赤い血を見て言葉を失った。

「大丈夫だよ。ちょっと痛いけどね」

目に涙の膜が張っている。痛いだろうに。普通だったら泣いていただろうに。

それでも七瀬は泣かない。泣いてしまうと、玲が悲しむことがわかっていたから。

遠くから救急車の音が聞こえる。

赤色灯と七瀬の血液の赤だけが色づいて、玲のモノクロの記憶の中に刷り込まれた。

＊　　＊　　＊

「痕、まだこんなにはっきりと残ってたんだね……」

「そう、だけど別に生活に支障があるわけじゃないし平気だよ」

(むしろれを見て玲が傷つく方が嫌だ)

突然、七瀬の横に玲がひざまずく。

そして七瀬の右腕をそっともちあげ、傷痕に優しく口づけをした。

「あんな思いもう二度としたくない。だからナナちゃんは、これから一生ずっと傷つかないで」

「そんなのムリだよ」

生きていれば多少なりとも心も体も傷つくことがある。

「ムリでもなんでも、約束して。そうじゃないと僕、自分が許せなくなるから」

そう言いながら、ひざをついたまま七瀬の腰に腕を回して、顔をうずめてきた。

七瀬はそっと、玲のやわらかい髪を撫でてそれに応えた。

第十章　ふたりの関係

あわただしい月末の金曜日、玲が地方出張へと出かけたその日に七瀬はより子と西本に声をかけて、飲みに出かけた。

「より子、旦那さんは平気だった?」

「ん、大丈夫。あっちも飲み会だって言ってたから」

少し仕事が残っていた西本は遅れて合流すると言うので、先により子とふたりでよく利用する会社近くの店に入り、飲み始めることにした。

小上がりの座敷に靴をぬいで上がると、より子は店員に七瀬の意向も聞かずに生ビールをふたつ注文した。

ふたり向かい合って座り、おしぼりで手を拭いているとすぐにビールとお通しが運ばれてきた。

「お疲れー!」

ジョッキをガチンと合わせて、ごくごくと喉を潤す。

ふたりがジョッキをテーブルに置いたころには、すでに中身は半分になっていた。

より子がメニューを見て品定めをしながら、話しはじめた。

「今日は、黒住さんは泊まりなの？」

「最終で帰ってくるとは言ってたけど。明日は土曜日だし」

お通しに箸をつけ、会話を続ける。

「しかし今日一日、黒住さんがいなかったから経理課は平和だったんじゃない？」

より子が言っているのは、おそらく沙月のことだろう。

あれから沙月の行動は、目にあまるほどにエスカレートしている。

それは七瀬だけが感じているのではなく、社内の多くの女子社員が噂するほどだ。

沙月は常に小会議室に入り浸りだが、玲はそれなりに仕事を割り振って手伝いはきちんとさせているようだ。仕事をしている以上は文句も言えない。

総務課の彼女の担当分の仕事は、どうやら取り巻き三人衆がカバーしているらしい。

「今日あの取り巻きたちが、社食で〝あの女〟を囲んで嬉しそうに話してたわよ」

下らない話だとわかっているのに、聞かずにはいられない。

「なんて話してたの？」

「谷本さんをやめて、黒住さんと結婚すればいいのに――って」

「え？」

七瀬は思いもよらない内容に驚いてしまう。

「なんだか、副社長も黒住さんのこと気に入ってるみたいでさ、早川さん嬉しそうな顔してたよ」

顎に手を当てる、沙月のお得意のポーズをマネしながらより子が続けた。

「『パパと黒住さんと三人で食事に行ったの～』とかなんとか……」

七瀬には初耳だった。

「『私をしっかりエスコートしてくれて、海外育ちってやっぱり素敵ね』だって。あんた先日他の男と婚約発表したばっかりだろーがって、心の中で突っ込んだわよ」

『下らないっ！』と一蹴したかったのに、ショックで思わず黙り込んでしまう。

「なんでそこで黙っちゃうのよ！　七瀬は普段はしっかりしているくせに、こういう大事な時にはすぐに引いちゃうんだから！」

まるで自分のことのように怒っているより子に、思わず笑ってしまう。

「自分でもわかってるんだけどね、融通が利かないって」

「融通うんぬんよりも、自分を犠牲にしすぎるよ。他人のことなら先頭きって戦うのに、自分のことになると我慢ばっかりしてさ」

より子の言う通りだ。より子に出会ったのは入社してからで、それほど長い付き合いではないのだが、七瀬のことをよく理解してくれている。

「まぁ、そんな風に不器用な七瀬だから放っておけないんだけどね」

より子は照れ隠しでグイッとビールを呷り、唇についた泡を手の甲で拭った。

「……ありがとう、より子」

「しょげた顔してないで、コラーゲンを摂取しなさい！」

そう言いながらより子は、軟骨の唐揚げを差し出す。

「それで、あのバカ四人組のことは放っておいてさ、七瀬の気持ちはいったいどうなったの？　黒住さんとはその後どうなってるの？」

「どうっていうか……」

ジョッキの淵を指でなぞりながら、ごにょごにょとごまかす。

「まだはっきりしてないの？　じゃあ結婚前提のセフレのままね」

「ち、ちがうわよっ！」

周りの耳を気にしながら小声で否定する。

「じゃあ、恋人に昇格した？」

興味津々のより子は、キラキラした瞳で七瀬の言葉を待っている。

「と、いうか……、まだしてないし」

「はぁ？」

にわかに予想外の答えが返ってきて、より子はもう一度聞き直す。

「だーかーらー、玲とはまだ最後までしてないの！」

小さめの声で事実を告げたが、より子の特大の「えーーーーー！」という声で結局周りのテーブルの大注目を浴びてしまう。

「ど、ど、どうして、何ヶ月も一緒に暮らしてるんでしょ？」

「うん」

「旅行まで一緒に行ったのに？」

「大人の修学旅行ね」

「出会ってすぐに、〝入れる〟以外のことすべてしちゃってるのに？」

「より子っ！」

あまりにもあけすけな物言いに、思わず声を荒らげた。

「そんなに怒らなくてもいいじゃない。七瀬がしていることを簡潔に述べただけよ」

より子はふてくされたような態度で、目の前に運ばれてきた豆腐サラダに手を伸ばした。

「だからって、恥ずかしいのは恥ずかしいの」

「ねぇ、もしかして黒住さんって——不能なの？」

思わず口に含んでいた豆腐サラダの豆腐がのどに詰まる。

慌ててビールで流しこんだ。

「ち、ちがうと思うわよ。だって、あの、その……」

「あぁ、みなまで言わなくていいわよ。理解した！　じゃあどうして？」

察しのよいより子は、七瀬の言いたいことを十分理解してくれたようだ。

「私も不思議になって聞いたの。そうしたら、まだ〝その時〟じゃないんだって」

玲に言われたことをそのままより子に話す。

「ふーん。黒住さんは七瀬に覚悟ができていないことがわかってるんだね」

二杯目のビールを口にしながら、七瀬はコクンと頷いた。

「確かに、玲の言う通りなの。もう恋愛で失敗したくないっていう思いもあるし……」

枝豆の房を弄びながら会話を続ける。

「どうして？　私から見てると、あんなに大事にされてるのに何が不満なのかと思うけどね。私だって旦那とのことは、半分は勢いだし」

「それはより子だからでしょう？　私今まで、こんな風にされたことないから……」

お代わりのレモンサワーを注文して話を続ける。

「この間ね、敬介に言われたの。『幸せだったか？』って」

「はぁ、何それ。今さら……」

「そう、今さら。だけど――それって、敬介と付き合ってる時に敬介には伝わっていなかったってことだよね？」

「まぁ、確かにそうよね」

「私、ちゃんと幸せだったんだよ。それなのに別れてからそれを聞かれるなんて、私きちんと敬介と向き合えていたのかなって」

「どういう意味？」

七瀬は今、自分が思い悩んでいることをより子に打ち明ける。

「自分だけで舞い上がって、幸せに感じていただけで、相手には何ひとつ伝わっていなかったってことでしょう？　私これから好きになる相手にも、そういう思いをさせたらどうしようって……」

「それは相手にもよるでしょ？」

七瀬はハッとして、見つめていたレモンサワーのジョッキから顔を上げた。

「確かに、七瀬の感情はわかりにくいわよ。実はビビりのくせに淡々として見えるから、みんな大丈夫だと思ってしまうわけ。ほんと厄介だわ」

ズバズバ言われて、七瀬は苦笑するしかない。当たってるから反論もできない。

「でも、相手に伝わるかどうかはその人次第でしょ？　相手がどれだけ七瀬のことを理解しようとしているかだって大切だよ」

確かにそうだ。こうやって目の前にいるより子は七瀬の気持ちをいつもきちんと理解してくれている。

「まぁ、それには七瀬自身がきちんと自分をさらけ出すことが前提だってことも、付け加えておくわね」

自分をさらけ出してぶつかっても、玲は受け止めてくれるだろうか？

幼い頃とは違って、大人になってズルくなった自分を、玲に見せるのが怖い。

七瀬は、玲の美しい思い出の中で、美しいまま玲の心に残っていたいと思う。

それをより子に言うと「バカじゃないの？」という言葉が返ってきた。

「思い出が綺麗なのは当たり前でしょ？　じゃあ七瀬たちふたりの未来は綺麗じゃないの？」

指を七瀬の鼻先に突きつけて、強い口調で言う。

「だいたいね、〝今〟だって次の瞬間には〝過去〟になるのよ。いつまでもツマンナイことにこだわってないでさっさと、やることやっちゃいなさい」

「より子……」

最後の言葉はよけいだが、より子の言うことはもっともだ。

七瀬も、自分はいつも過去の出来事や経験を基準にして物事を考えているという自覚はある。

「それで、さっさと〝あの女〟の鼻っ柱をへし折ってやればいいのよ！」

より子はそう言いながら、鼻息荒くジョッキをドンッとテーブルに置いた。

「結局そこ？」

その様子があまりにもおかしくて、ついつい七瀬は笑ってしまった。

そんな風に女ふたりが笑いあっているところに、西本が遅れてやってきた。

入り口に向かって座っていたより子が、手を上げて「こっち！」と呼ぶ。

西本はすぐに気づき、店員にビールを注文しながらこちらの席に向かってきた。

「お疲れ様」と七瀬が言うと「マジ疲れたっす」と恨めしそうな顔を七瀬へ向ける。

「飲みに行くなら、手伝ってくれてもいいのに」

「あの書類間違えたの三回目でしょ？　愛のムチよ」

そう言って、豆腐サラダをよそって西本の前に置いた。

届いたビールで、二度目の乾杯をする。

西本はよほど空腹だったのか、目の前にある料理を次々と平らげていった。

「まるで、中学生男子だね」

より子は西本の食べっぷりを見て、呆れて笑っている。

「いや、早く来たかったんスけど、ちょっと気になる噂を耳にして、それ確認してから来ようと思ったらこんな時間になってしまいました」

「気になる噂って？」

「黒住さんっす」

「え？」

何かと話題になる玲だったが、西本のこの様子だとあまりいい噂ではなさそうだ。

「黒住さんがどうかしたの？」

より子が先を促した。七瀬はじっと西本の言葉に耳を傾ける。

「俺、別件で総務部長から今度〝りんりんネコりん〟のライセンス契約が切れるって話を聞いてたんっすよ」

西本の言う〝りんりんネコりん〟は、猫が大きなベルをかぶっているキャラクターで、あさひ堂が長く独占でライセンス契約を結んで文具等を販売している。

「それってうちの主力商品じゃないの⁉」

七瀬が驚きの声を上げる。

「そうっす、文具の部門ではかなりの売り上げを占めてるんすよ」

「業績が悪い今、そんな大口の仕事がなくなったらダメージ大きいんじゃないの」

七瀬はより子に無言で頷き、西本が続きを話すのを邪魔しないようにした。

「重役会議でも大きく取り上げられていたみたいっす」

「それで、どうして玲——黒住さんが関係あるっていうの？」

なかなか核心を語らない西本にイライラして七瀬が聞いた。

「それが、そのライセンス契約打ち切りを推し進めているのが、黒住さんらしいってことっす」

「ええ？」

「いきなり、重役会議でライセンス打ち切りの話をしはじめて、その代わりに別の会社とのライセンス契約を勧めてきたらしいんすよ」

（どうして玲がそんなこと……）

確かにコンサルティングや建て直しについては、かなりの実績があるのはわかっているけれど、どうしてうちの業績をわざわざ悪化させるような方法を取ろうとしてるのだろうか？

「噂では、その新しい会社は黒住さんが手がけた会社らしくて、そこからいくらかもらってるんじゃないのかって……」

「玲がそんなことするはずないじゃない！」

西本が話しきらないうちに、七瀬が大声で反論する。

普段とは違う七瀬の態度に、西本は目を見開き驚いている。

「ちょっと、七瀬。落ち着きなさい」

より子に言われて、我に返り「ごめん」と西本に謝った。

「いえ、あくまで噂なんで……俺も鵜呑みにしてるわけでは……」

そして、不思議そうに七瀬に尋ねた。

「っていうか、どうして〝玲〟なんて名前で呼んでるんですか？　いつの間にそんな親しい関係に？」

「あんた気になるところ、そこなの？」

ショックで黙り込んでいる七瀬の代わりに、より子が答えた。

「それは、黒住さんの言っていた最愛の相手が七瀬だからよ」

「ふーん、そうなんっすか……って、えええ？　ってことは、黒住さんの意中の彼女って妹尾さんだったんすか？」

「そう、ちなみにすでに同棲中」

「ど、ど、同棲！　破廉恥《はれんち》極まりないです」

「彼女のいない西本には刺激が強すぎたわね〜」

話がどんどん脱線していくふたりから取り残されて、七瀬はひとり考え込んでいた。

（まさか、玲に限ってそんなことない！　絶対ない）

「西本くん、それって誰から聞いた話？」

「えっ？　副社長に腰ぎんちゃくしている社員です」

「あの娘の性格は父親譲りだったのね。父親にも腰ぎんちゃくがいるなんて！　七瀬？

大丈夫？　帰ったら、黒住さんに聞いてみれば？」

ひとり考え込んでいる七瀬を心配そうに見るより子と西本に、無理して笑顔を見せる。

「教えてもらえないかも？　守秘義務だって言われて何も聞けない気がする」

「そうっすよね、いくら恋人でもそう簡単に仕事の話は……」

「恋人でもないしね……」

小さな声でつぶやいて、肩を落とした。

「え？　恋人じゃないって……？」

七瀬の言葉に驚いた西本の手を、より子が引っ張って黙らせた。

「私と玲って、いったい何なんだろう……」

ふとつぶやく七瀬の声が宙に浮いたようになる。

「七瀬……その答えは七瀬の中にしかないでしょ？」

今は、より子の声もやけに遠く感じた。

七瀬の大事なあさひ堂を玲は立て直してくれると言った。今はその言葉を信じるしか七瀬にできることはなかった。

すっかり遅い時間になったので、七瀬は店の前でタクシーを拾う。

「ごめん、お先にね！」

最後ぐらいはと思い、努めて明るくふるまった。

タクシーから手を振ると、お酒に酔って重くなった体をシートに深く沈めた。

＊　＊　＊

去って行くタクシーを見ながら、西本がより子に尋ねる。

「妹尾さんって、黒住さんのこと好きじゃないんですか？」

「アンタから見てどう思う？」

より子は隣に立つ西本に意見を求めた。

「いや、あれは好き以外の何物でもないでしょう？　でなきゃ、あの妹尾さんがあそこまで悩まないですよね」

「そう、だけどそれが七瀬にはわかってないのよ。幼馴染みって立場が目を曇らせてるみたいね」

「そういうもんっすかねー」

そんなことを言いながら、ふたりは終電に間に合うようにと駅に向かって歩きはじめた。

第十一章　黒船あらわる

結局より子の「噂は噂だから」という言葉で会がお開きになったが、七瀬は不安を抱えたままだった。

部屋にたどり着くと、すでに玲は帰宅していた。

いつもなら起きて待ってくれているが、何時間か前に交わしたメールで【遅くなるから先に寝ていて】と送っておいたので、それに従ったのだろう。

暗い部屋に電気をつけて、シャワーを浴びた。

自分の髪から立ち上る、呑んだ後の独特のにおいを落とし、自問自答しながら気持ちを落ち着けていく。

（ひとりで悩んでいたって仕方がない。玲には玲の考えがあるんだから）

玲は間違ったことはしないはずだ。自分の知っている玲を信じることにして七瀬はバスルームを出た。

寝室へ向かうと、ベッドの上で玲がスヤスヤと眠っていた。

普段は七瀬のほうが先に眠りにつくことが多いので、こうやってまじまじと玲の寝顔を見ることがあまりなかったから新鮮に感じる。

そっと、玲の横に体を滑り込ませて横たわると、眠る彼の顔を眺めた。

疲れているのだろう。目の下にはうっすらとクマができている。

七瀬がそっと玲の背中に手を回そうとすると、玲がまぶたを震わせてゆっくり目を開けた。

そして七瀬の好きな笑顔を浮かべると、背中に手を回しぐっと抱きしめてくれる。

玲の肌から立ち上るさわやかな香りを胸いっぱいに吸い込み、七瀬も玲を強く抱きしめ返す。

（玲は玲だもの。何も変わらない。ずっと……ずっと）

そう自分に言い聞かせて、胸の中の不安を玲の体温でごまかした。

＊　＊　＊

朝目覚めると、そこにはいつもどおりに七瀬を見つめる玲の瞳があった。

「おはよう。ナナちゃん」

「ぉ、おはよう」

一緒のベッドで眠っているのだから、この距離で目が合うのは驚くことではないのだけれど、七瀬はいつまでたってもそれに慣れなかった。

「昨日は遅かったね。先に寝ちゃってごめんね」

玲の長い指が七瀬の前髪をかき分ける。

「私こそ、ついつい時間を忘れてて……」

「なにそれ？　そんなに楽しかったの？　僕も行きたかったな」

唇を少し突き出すしぐさがかわいくて、七瀬はくすくすと笑った。

すると、玲はその突き出した唇で七瀬に小さなキスをした。

チュ、チュッとついばむようなキスの間に極上の笑顔をくれる。

七瀬は玲とのこの時間が好きだった。

お互いがお互いを独占している感じ――誰にも邪魔されないふたりっきりのとき。

七瀬が幸福感に包まれていると、キスがだんだん角度を変えて深くなってくる。

薄く開けた唇から玲の舌が入ってくるまでには、そう時間はかからない。

息をするのが苦しくなる。それは単純に呼吸ができないからではなく、胸が震えるようなキスだからだ。

(玲を好きだと思う気持ちは間違いないのに、どうして素直にこの胸に飛び込めないの？)

その問いに答えを出すのは、自分しかいない。

誰も答えてはくれない。

玲の舌が、七瀬の口腔内を余すところなく味わう。

「ナナちゃん、舌出して」

「舌?」

思考はすでに玲のキスでとろけきっていた。

言われるままに、舌を差し出す。

「もっと……もっと突き出して」

玲の甘い声に七瀬は素直に従う。

できるだけ前へと突き出した舌は、すぐに玲の口の中へ吸い込まれた。

「ふっ……ん、ン……!」

驚いて、目を見開くと、色気を含んだ艶のある玲の瞳がじっとこちらを見ている。

そして今度は、口に含んでいた七瀬の舌を、唇で挟みしごく。

今まで感じたことのない感覚にお腹の奥がジワリと疼いた。

「ンっ……あぁあ――」

舌を玲にもてあそばれ続けて、意識が朦朧としてくる。

まじりあった唾液はもはや玲のものなのか、七瀬のものなのかさえもわからないほどだ。

そんな感覚さえも七瀬の快感を煽っている。

玲の背中にまわした手で、肩甲骨あたりを握る。

「あぁ、可愛い、ナナちゃん。最近充電できてなかったから今からイイコトさせて」

「あ、玲……」

七瀬の返事も待たずに、玲の手がパジャマの下に入り込み、胸へと伸びる。

下からすくうように優しく愛撫されると、すぐに自分の体が反応してしまって恥ずかしい。

さっきのキスで、体はすでに熱を帯びていた。

玲の指が胸の先端をソロリとかすめると、触られた場所はすぐに固くなる。加えて扱くようにいじられると、七瀬の体はさらに熱くなった。

「あぁ……、玲ぃ」

思わず出た声に自分でも驚くが、玲はそれが満足だったらしい。

「今日もいっぱい鳴いてね」

そう耳元でささやいた後、パジャマを脱がせながら舌を小さな耳にぐちゅりと押し込み悪戯をした。

同時に胸の頂を、人差し指ではじかれるようにもてあそばれた。決して強くされているわけではないのに、それがよけいに体の奥の火を煽る。

胸の刺激に気を取られている隙に、玲は巧みに七瀬が身に着けていた最後の一枚のショーツさえ脱がせてしまう。

「きもちイイ?」

「やっ……そういうこと聞かないで」

七瀬の反応を見ている、玲にはわかっているはずだ。

「そっか口では言いにくい？　じゃあこっちに聞いてみるね」

そういうと、膝頭をソロリと撫でた。

「ンん……」

下唇を噛んで、目をぎゅっと瞑り声を出すのを我慢する。

（ん……こんな明るい中じゃ恥ずかしすぎる）

「ナナちゃんってば、こんなところも感じるの？　膝をちょっと撫でただけだよ」

おかしそうに笑う玲の言葉に、なおさら羞恥心が煽られる。

ゆるゆると玲の指先が膝を撫でるだけで、甘い痺れが全身にいきわたる。

（玲の言う通り、どうしてこんなに感じちゃうんだろう……）

七瀬は我慢するのに必死だったので、膝頭をグイッと左右に開かれたのに気づくのが遅くなった。

朝の健康的な光の中で、そこを玲に見られていると思うだけで、恥ずかしさが煽られ、快感が下腹部に集中するのがわかる。とろりと、自分の中から熱いものが溢れ出た。

「あぁ、目で見ただけでわかるよ。ナナちゃんが感じてるってことが……」

「そ、そういうこと言わないでよぉ……」

思わず口調が子供っぽくなってしまう。そんな七瀬を玲は愛おしそうに眺めると笑顔のまま秘部に顔をうずめる。

「えっ？　あ……ァん」

気がついたときには、すでにそこに口づけされてしまっていて、七瀬は抵抗もできずにただ快楽に身を任せるだけだった。

湿った吐息を吹きかけられ、温かい舌がそこをなぞると、感度がますます上がり、七瀬は何も考えられなくなる。玲は流れる蜜をかきだし、吸い上げた。

ジュッ……ジュッという音が耳から七瀬の脳内に響く。それがより強い悦楽を七瀬の体に突きつけてきた。

「はぁ……、玲、ダメなの……ん……、きゃあぁ」

すると、まるでお仕置きのように一番感じる場所を吸い上げられる。

その粒を、なめられて唇で挟まれ軽く食まれると、七瀬の体は一瞬にしてたまりにたまった享楽をはじけさせた。

「……あぁあああん……んン……玲……玲」

快楽に押し流されそうになり、玲の名前を呼び、助けを求めるかのように手をさまよわせる。

それに気がついた玲が、七瀬の白い指に自身の指を絡めて強く握りしめた。

「大丈夫……はぁ、ナナちゃんのいい匂い、ここから溢れてる……」

そして、さっきよりも荒々しくそこに口づける。一度達してしまった七瀬の体は、より快楽に敏感になった。

「あぁ、もうダメなのぉ、これ以上は……ダメェ」

「僕の未来の奥さんは、素直じゃないな……ダメ、ダメ言わないで……本当はイイんで

しょ？　ほら、言って——イイって」

その言葉で、七瀬の理性の箍《たが》が完全に外れた。

「イイの……、玲にそうされると我慢できないの……れ、玲……玲、ン……あああっ！」

七瀬の言葉を耳にすると、玲は一気に攻め立てた。

陥落寸前の七瀬はその攻めに耐えられるわけもなく——再び訪れた快楽の波に身を任せるしかなかった。

「やっと素直になった。大丈夫、これからは僕がナナちゃんをいつも素直でいられるようにしてあげるからね」

しかし玲の言葉は、体の中から湧き上がってくる悦びに支配されている七瀬には届いていなかった。

＊　＊　＊

七瀬はシャワーを浴びながら、自己嫌悪に陥っていた。

昨日あれほど玲と自分の不安定な関係についていろいろ考えたのに、結局は流されて何ら進展のない関係にとどまっている。

大切にされていることはわかっている。それは小さい頃から——ただの幼馴染みだった頃から変わらない。

これから一歩踏み出すのは玲ではない、七瀬が踏み出さないといけない。玲のことは好きだし、信頼もしている。だけど関係が崩れるのが怖くて、聞きたいことも聞けない自分がいるのも確かだ。

七瀬は、思い切りの悪い自分にいらだちを覚えた。

（シャワーを浴びたら、あの噂について確かめよう。きっとただの噂だ）

七瀬は気持ちを固めて不安をおし流すようにお湯の勢いを強くした。


バスルームから出て、着替えを済ませると玲を探す。玲の部屋の扉が少し開いていて、声が漏れ聞こえてきていた。そっと覗くと、英語で会話をしているようだ。

（仕事かな……？）

そっと身を引いて、ブランチの準備をはじめた。

残っていたバゲットでフレンチトーストを焼いていると、玲が部屋から出てきた。

「いい匂いがする」

鼻をクンクンさせている様子はまるで子犬のような愛らしさだ。

「もうすぐできるから待っててね」

フルーツをヨーグルトで和えると玲がそれをテーブルまで運んでくれた。

焼きあがったフレンチトーストに、粉砂糖を振りかけたら準備は完了だ。

ふたり同時に「いただきます」と言うと、玲は大きな口で次々と皿の中のフレンチトーストを平らげていく。

「そんなに急がなくてもいいのに」

「だっておいしいから仕方ないでしょ。昨日も疲れて何も食べずに寝ちゃったし」

もぐもぐと口を動かしながら会話する玲は、会社にいる時とは違ってかなり幼く見える。

思わず「ふふふ……」と笑みをこぼすと不思議そうに玲が尋ねてきた。

「何がおかしいの？」

フォークを咥えたまま、首を傾げた。

「だって、仕事してるときとは全然違うから」

「そう？」

「だって、会社ならいつも笑顔だけどどこか飄々としてて、パニックになったりしないでしょ？」

「それは何があっても焦らないように、気を引き締めているからね」

フレンチトーストに視線を落としたまま、くいっと口角を上げる。そのしぐさから少し恥ずかしがっているのがわかって、また笑えた。

「僕がパニックになるとしたら、ナナちゃんに何かあったときだけだよ」

顔を上げてとろけるような笑顔を向けられると、胸がキュンとなってしまう。

（今日も最終的には玲の勝ちだわ……）

「そうだ、ナナちゃん今日急に仕事になったから一緒にいられないんだ。ごめんね」

しゅんとしながら言うので「仕方がないよ」と言って手を伸ばして髪を撫でてあげた。

これは小さい頃、七瀬が玲を慰めるときに、よくしてやっていたことだ。

（あの話、聞こうと思ってたけど、帰ってきてからにしよう）

決心を固めていたが、やはり聞きにくいことには変わりない。

少し猶予ができたので、七瀬はほっとした。

しかし、その猶予は突然会社に来訪した〝黒船〟によって、ずいぶん長い猶予になってしまった。

＊　　＊　　＊

その日の夕方に、玲はすごくにぎやかな場所から、電話をしてきた。

『ボスがニューヨークから来て、てんてこ舞いなんだ。ホテルに送ってそのまま泊まるから』と連絡があった。

「わかった」と返事をして電話を切った時点では、それがまた日曜も同じことになるとは思っていなかった。

週末を久しぶりにひとりで過ごした七瀬は、月曜日に出社後いつも通りに仕事を片づける。先週から持ち越した仕事と、各部署から回ってくる伝票の確認に時間のほとんどを費やしていた。その合間に何度も時計を確認する。

(午後からはこっちに出社するって言ってたのに)

玲は午後の休憩が終わって二時間たっても、まだフロアに現れなかった。

玲がいないと、七瀬の体内時計の進みは人の倍以上遅い。

玲と一緒に暮らし始めて以来、出張以外で玲が家を空けたのが初めてだから、それが仕事だとわかっていてもなんとなく落ち着かない。

(思ったより私は、玲に依存しているのかも……)

改めて自覚した玲という存在の大きさに戸惑いながら、七瀬は玲の到着を待っていた。

そして、終業時間も間近になって、何かあったのか社内のざわめきが一瞬で消える。

フロアの入り口を見ると、そこには社長に続いて、六十代ぐらいの白人男性、玲、そしておそらくハーフであろう彫りの深い顔立ちの美女が連れ立って入ってきた。

「誰っすかね……」

西本がささやく。

四人が前に立ち、社長が話し始めると全員がそちらに注目した。

「こちらはハドソンマネジメントＣＥＯのマーク・ジョーンズ氏だ。今回は日本の企業の視察のために来日され、我が社にもその一環でおみえになった」

社長がそう説明すると、マークと紹介された男性が「こんにちは」と流暢な日本語を話して周囲を和ませた。

「こちらは、マークの娘さんで秘書をしている、アンナさんだ」

「はじめまして」とにっこりと笑顔を振りまく様子に西本をはじめ男性社員の目じりが下がる。

しかし、七瀬はそのふたりよりもわずかに離れて立っている玲に視線を奪われている。

（ほんのちょっと、家に戻らなかっただけなのに……どうしてすぐ目で追っちゃうんだろう）

すると、玲も七瀬を見て、目だけで微笑んだ。

大勢の中でも自分だけを見てくれている気がして、胸がキュウと音を立てた。

「……では、それぞれ持ち場に戻って。我々は応接室へ参りましょう」

社長がそう言うと、四人は連れ立ってフロアを横切る。

玲が、横を通るとき、誰にもわからないようにほんの一瞬七瀬の手をぎゅっとつかんだ。

すぐに離れたが、たったそれだけのことで気持ちが高揚する。

（玲が前に私を抱きしめて充電するって言ってたけど、確かにこんなことだけでも元気をもらえるのは本当なのかも……。仕事頑張って今日は早く帰ろう）

しかしこの時七瀬は気がついていなかった。

ふたりの女が、玲と七瀬の様子をしっかりと見ていたことを……。

＊　＊　＊

『ナナちゃんちょっと出てこられる？』

そんな電話をもらったのは、仕事が終わってマンションの近くのスーパーで食材を買っているときだった。

「買い物してたところだから、大丈夫だけど」

『そっか。だったら今からメールする店までタクシーに乗って来て』

そう告げると電話はすぐに切れた。

急いでかごの中身を棚に戻し、駅前でタクシーを摑まえた。そしてメールで指定された場所へ向かう。

そこは有名な和食の料亭で、到着したはいいがその厳かな門構えを前にして本当にこんな店に入っていいものか、一瞬ためらう。

（この恰好で大丈夫かな？）

今日の七瀬はクリーム色のノーカラーのジャケットにスカート姿だ。中は黒のカットソーでビジネス向きではあるが、こういった場所ではどうだろうか？

（まぁ、接待とかならこの恰好でもアリか……）

店に入ろうとしていたところで「ナナちゃん！」と名前を呼ばれて振り返ると玲が嬉しそうに駆け寄ってきた。

「土曜日から全然会えなくてごめん。会いたかった……」

手をぎゅっと握られた。

『私も会いたかった』と素直に言えればいいのだけれど。

本当に会いたかったのだからそう告げてもいいのに、なぜだか言葉が出てこない。

ふたりが立っていると、玲の後ろから声が聞こえる。

「レイ、パパが待ってる。早く」

顔をのぞかせたのは、アンナだった。

「ああ、すぐ行く。行こう、ナナちゃん」

最初アンナは七瀬の姿が見えていなかったのだろう。玲が体をずらしてそこに七瀬の顔を見つけたとたん、彼女は急に不機嫌な顔になった。

玲がそばに行くと、玲の腕に手を絡ませて上目遣いで話しかけている。まるで玲が自分のものであるかのような振る舞いだ。

――それも七瀬をチラリと一瞥しながら。

違和感を覚えながらも靴をぬぎ、案内された座敷へと向かう。

そこには四人分のお膳が用意されていて、上座には胡坐《あぐら》をかいたマークが座っていた。

「失礼します」

まさか玲の上司と食事をすることになるなんて聞いていなかった。電話をもらった時点で確認しておけば、多少は心構えができたのに。

玲がマークの向かいに座ると、アンナは迷いもなくその隣に座ろうとする。

「アンナ、あっちだよ。僕の隣はナナちゃん以外ダメだから」

アンナは後ろに立つ七瀬を軽く睨み、きれいな茶色の髪をなびかせながら渋々マークの横に腰を下ろした。七瀬は玲に言われて彼の隣に座る。

「ナナセさん、わざわざ来てくれてありがとう」

にっこりと笑いながら、どう見ても欧米人の白髪の紳士から流暢な日本語が出てくる。

「あ、はい。急なお話だったのでお待たせして申し訳ありませんでした」

「そうですよ。僕は今日こそ、うちでナナちゃんとゆっくりしたかったのに」

「お前があまりにも〝ナナちゃん、ナナちゃん〟って言い続けるからどんな人か会いたくなったんだよ」

玲と七瀬を交互に見ながらニコニコと笑っている。

「パパ、そろそろはじめましょう。おなかすいたわ」

アンナに促されて、食事が始まった。

「とても器用にお箸を使われるんですね」

七瀬はマークの、日本人にも引けを取らない食事のマナーに驚いて質問した。

「アンナを見てわかったかもしれないが、妻が日本人でね。自宅でも和食を食べるんだ」

「そうなんですか……何かお好きな食べ物はありますか?」

「妻のだし巻き卵が絶品でね」

マークは顔をほころばせている。きっと奥さんを思い出しているのだろう。

「卵料理——じゃあ玲といっしょね」

玲に同意を求めると、アンナが鼻で笑う。

「何言ってるのかしら？　レイは卵料理なんてすすんでは食べないわよ」

勝ち誇ったような言い方だが、七瀬は不思議に思う。

（玲、卵大好きだよね？）

しかし、そこで玲に尋ねれば、またアンナの機嫌を損ねることになる。

何も言わずに視線を玲に向けると、くすくす笑っていた。

「あぁ、確かに卵料理はあまり食べない」

「えっ？」

今まで七瀬が作ったものは、美味しそうに食べていたはずだ。思わず玲の顔を見る。

「ナナちゃんの作る卵料理が一番だからね。それ以外はほとんど食べない」

（そ、そんな恥ずかしいこと人前でっ！）

玲の言葉に思わず顔を赤くした。

しかしアンナは玲の答えが面白くなかったのだろう、不機嫌を隠そうともしていなかった。

「ははは、これは見せつけられたな」

アンナはたびたび不機嫌になったが、マークのとりなしで大事に至ることなく一同はおおおむね楽しく食事を終えた。帰り際、七瀬は化粧室に向かった。

メイクも崩れてきていたので、リップだけ塗り直そうとしていると鏡にアンナの姿が映った。

鏡を譲ろうと体をよけると、アンナは七瀬の横に立って鏡越しに話しかけてくる。

「レイとは、付き合ってるの？」

「あの……えっと正式にはまだですけど……」

ズバリ聞かれてたじろぐ。自分でもずるい言い方をしたと思う。

「何それ？　レイはアナタで本当に満足できてるのかしらね？」

頭からつま先まで品定めするように見られた。

「それってどういう……」

「言葉通りの意味よ。あなたみたいな貧相な体型であ
の
レイが満足できるのかなって？」

見下すような態度だ。どうして彼女にこんなことを言われないといけないのだろうか。

「玲のことは、よくわかっているつもりです」

「そうなの？　じゃあレイからもちろん聞いてるわね。私が彼の〝初めての女〟だって」


〝初めての女〟

そのひと言に、自分でも意外なほどダメージを受けた。

玲だって大人だ。それにあのルックスで仕事だってできる。

恋愛経験も少なくないだろうと、七瀬だって思っていたのに、しかし実際にその相手が誰であるかを突きつけられると、やはりショックだった。

「あら、その顔は聞いていなかったということかしら？」

長く綺麗な髪を肩から払い、厚くセクシーな唇をくいっと上げる。

玲が彼女の耳に愛をささやき、あの肉感的な唇に熱いキスをしたのか。

そう考えるだけで胸が痛くなる。

「私、レイと別れたこと後悔してるのよ。私もレイも若かったし。彼の心も体も十分にケアできてなかったと反省したわ」

ジッと七瀬に挑むような視線を向けてくる。

七瀬は黙って歯を食いしばり、もたらされた衝撃に耐える。

「でも、今の私なら、レイのすべてを受け止めてあげることができる。私生活ももちろん社会的地位もね」

なるほど社長令嬢のアンナと結ばれることになれば、玲の将来は彼の実力から考えても安泰だ。

アンナをまっすぐに見ていることができずに、目を伏せた。

「そうなんですか……私、あなたと玲がそんな関係だったなんて、これまでまったく知らなくて……」

小さくそう返すことしかできない。

「あなたは何でも知ってるって顔して、本当は彼のこと何もわかってないんじゃないの？」

最後に投げ捨てるような言葉を残してアンナは去って行った。

（私は結局、何もわかってないの……かな……）

言い知れない不安と胸の痛みに襲われて、七瀬はぎゅっと唇を噛んだ。

＊　　＊　　＊

「レイー！　私酔ってるかも……」

七瀬が戻ると会計を済ませた玲に、アンナが腕を絡ませていた。

「馴れない日本酒を飲んだからかな？」

絡められた腕をやんわりとほどきながら、玲が答える。

「今日もホテルまで送っていってよ。またそのまま泊まればいいじゃない」

（また……？）

思わずアンナの言葉に反応してしまう。その言葉から察するに、昨日玲はアンナたちと同じホテルに泊ったのだろう。

「大丈夫、アンナ。君は自分が思っているよりもずっとしっかりしているよ」

そう言うとタクシーを止めて、マークとアンナ親子を乗せた。

タクシーが走り出す前、アンナは最後に一度七瀬を見ると〝プイッ〟と顔をそむけた。

その態度に少し傷つきながら、七瀬はふたりを乗せたタクシーを見送った。

「はぁ、やっと解放されたー！」

玲が背伸びをして、そのあとに、首をコキコキと動かす。

そして急にくるっと振り向くと七瀬の腕を引っ張って、自らの腕の中に引き入れて髪に顔をうずめた。

「んー。ナナちゃんの匂いだ」

目をつむって息を大きく吸い込んでいる。

「ちょっとやめてよ。私お酒臭いかもしれないのに……」

先ほど勧められるままに、ずいぶんアルコールを飲んだ。おそらく匂っているだろう。

「ダメ。僕ここで充電しないと電池切れで部屋までたどり着けそうにないよ」

「もう、大げさなんだから！」

七瀬は、玲の胸に手をあててグイッと押し、ふたりの間に距離を取った。

「早く帰ろう」

七瀬は玲の手を握る。

アンナの言ったことが、七瀬は気になっていたのだ。

（玲……アンナとは本当はどういう関係だったのかな？　ホテルに泊るってもしかして同じ部屋だったのかな？）

玲の顔を見上げると、驚いた表情をしていたが、そのあと笑顔になる。

「うん。早く帰ろう。そして一緒にお風呂に入ろう！」

もやもやしていた気持ちが、玲の満面の笑みによって癒やされた。過去はどうであっても彼は今、七瀬の隣にいるのだから。

「却下でーす」

七瀬の返事にがっくり肩を落とした玲を、くすくす笑いながら、駅に向かって歩いた。

第十二章　過去のふたり

玲の行っている内部改革が大幅に進み、単月ではあるが黒字となった。

しかし、あさひ堂内部では玲のやり方を快く思わない人間が増えつつある。

根底にあるのは〝りんりんネコりん〟のライセンス契約についての噂だ。

「ちょっとヤバいっすよ、黒住さん」

そう七瀬に耳打ちしたのは、西本だった。

「なんかお偉いさんの会議で、どうも早川副社長とかなりやりあったみたいです」

「副社長と?」

つい先日までふたりは、行動を共にしていたはずなのに。

「それでいったいどうなったの?」

「詳しいことは、わからないっす」

「もう、それじゃ何の意味もないじゃない!」

こそこそと話していると、背後に誰かが立っている気配を感じて西本と振り返る。

そこに立っていたのはアンナだった。「ナナセさん、ちょっといいかしら?」と微笑む。

「……どうぞ」

西本は、簡単に美女の笑顔に屈して、七瀬を差し出した。

アンナが七瀬を連れてきた小会議室には、玲がいた。

「失礼します」そう声をかけて室内に入ると、玲は少し驚いた表情になる。

「どうしたの？　ふたりで一緒に来るなんてめずらしいね」

応接セットに座るように促されて、アンナと七瀬は向かい合って座った。

玲が奥の席に座ると、アンナが足を組み替えて話しはじめる。

「レイ……あなたはどうしてあさひ堂にそんなにこだわっているの？」

「いきなりどうしたんだよ、アンナ」

笑顔でやんわりと話をそらそうとする玲は、この件について話をしたくないようだ。

「はっきり聞きたいのよ。レイがこの会社にこだわる理由を」

綺麗な目で、玲をまっすぐ見据えた。

「興味のある会社だからだよ。僕がコンサルティングをすれば十分に利益を上げられる」

「どうしてそんな嘘つくのよ。パパだってこの会社についてはかなり反対していたわ。いつものレイなら受けない仕事よ。それを押し切ってまで……どういうつもり？」

「そうだったっけ？　もう忘れちゃった」

わざとおどけて言う玲に、アンナは食って掛かる。

「そうよ！　わざわざこんな潰れかけの会社に関わって。知ってる？　ハドソン社内でのあなたの評価が下がったわよ。失敗なんてしたら取り返しがつかないわ」

「そうなの？　年寄りは見る目がないね」

なかなか腹の内を見せない玲に、アンナが声を荒らげた。

七瀬は、玲がまさかこんな四面楚歌の状況で、あさひ堂の案件を扱っているなんて思いもしなかった。そして続くアンナの言葉に、さらに衝撃を受けた。

「この子が理由でしょう？　こんなつまらない女のせいでレイの将来が台なしになるなんて、私耐えられないわ」

アンナの言葉に七瀬は大きなショックを受ける。

「……私のせいなの？」

驚きで思考が停止し、ポロリと言葉だけが口からこぼれた。

「ちがうんだ、ナナちゃんよく聞いて。僕は昔から負けるケンカはしなかっただろう？それと一緒だよ。きちんと成果が出ない会社なら最初から関わらない」

アンナがした質問にもかかわらず、玲は必死に七瀬に説明している。

「ナナセさん。彼そんなこと言ってるけど、今回の案件は依然としてあまり成果は出てないのよ。私がいくら言ってもレイは聞きもしないわ。だからあなたがあさひ堂から手を引くように説得してちょうだい」

七瀬はどっちの言い分が正しいのか判断をつけかねていた。

もし、アンナの言う通りなのだとしたら、玲の会社での立場はいったいどうなってしまうのだろうか？

ニューヨークに本社をおく会社だ。おそらく日本の企業よりも成果に対してはるかにシビアだろう。

ようやく玲に対する気持ちが定まってきたのに、自分のせいで玲がつらい思いをするなんて、自分の気持ちに気づいた今だからこそ、我慢できることではない。

（私が玲の足を引っ張ってる……？）

考えたくないが、悪い予感が脳内を占拠している。

七瀬は何か話そうとするが、唇が震えてうまく言葉が出てこない。

「ナナちゃん、ちがうんだよ。アンナは何か誤解しているんだ」

「あら、何が誤解かしら？　事実を言ったまでよ」

アンナはソファに座り、長い足と腕を組んで玲をねめつけている。

「いい加減にしないか。ハドソン社内の話はナナちゃんやあさひ堂には関係ない」

たしなめるように言うが、アンナには通用しない。

「この子に関係ないわけないじゃないの。レイの人生振り回してるのに！」

玲は目を閉じて首を横に振った。

「僕はあさひ堂を立て直せると思ってるし、うちの傘下にある会社にも利益をもたらすように今交渉してるところだから、ナナちゃんは心配しないで」

七瀬はふとあの噂のことを思い出し、口を開く。

「それって〝りんりんネコりん〟のライセンスの話？」

　玲は驚いたように目を見開いた。

「もうナナちゃんまで知ってるの？　そうだよ、あれを打ち切って違うキャラクターのライセンス契約に切り替える」

「ど、どうして？　あれはうちがずっと取り扱ってきていた主力商品なのに、急にキャラクターを切り替えるなんて、今あれを失ったらうちの売り上げは……」

（ただでさえ売り上げが落ちているのに、そんなことしたらますます業績が……）

「ふーん、そういうこと。やっとレイのやろうとしていることが理解できたわ。新しくライセンス契約を結ぶ企業のために、あさひ堂には犠牲になってもらうつもりだったんでしょ？　弱らせてから、どこかの会社へ吸収って形に持っていきたかったのね」

「……何言ってるんだ――」

　玲が低い声で、否定した。しかしそれくらいでは、七瀬の不安は拭えない。

「うそっ。そんなこと玲がするはずないわ」

　七瀬は、口では否定したが、心の内に広がった不安な気持ちはどうにもならない。

「さぁ、どうかしら。レイは今まで会社の利益になることは何でもしてきたわよ」

「アンナ、そんな話、今は関係ないじゃないかっ！」

「だって、ちゃんと話しておかないとナナセさんがかわいそうだわ。あとで事実を知った時に、会社とレイを一度に失うことになるでしょう？」

アンナが哀れむような視線を、七瀬に向けた。

「本当なの、玲？」

「そんなはずないだろう？　ナナちゃん、ちょっと落ち着いて」

いつもなら素直に聞ける玲の言葉も、今の七瀬には届かない。

「玲はいつだって、何も話してくれないじゃないの。私は何も知らなくてもいいの？」

「仕事の話はできることと、できないことがあるって前にも……」

努めて冷静に話そうとしている玲が、七瀬はだんだん信じられなくなってくる。

「じゃあアンナさんとのことは？　私が知らなくてもいいことなの？」

「――それは」

言い合っているふたりを意地の悪い顔でアンナが見ていた。

「ナナセさん、あなたは結局、レイのことを何もわかってないってことなのよ」

（そうなのかもしれない）

七瀬が知っている玲は、子供の頃の玲であって、離れ離れになっていた十七年の間の彼については何も知らないのだから。いろいろなことが重なって七瀬は冷静にものごとを考えられなくなっていた。

目の前の景色が、霞みはじめた。

（泣いちゃダメ）

そう自分に言い聞かせ、「失礼します」と言って部屋を出た。

後ろから玲が七瀬を呼ぶ声が聞こえたが、足を止めることはなかった。

もし、本当に自分のせいで玲の立場が悪くなっているのだとしたら、そんなことは耐えられない。

あさひ堂は大事だけれど、それと玲のこととは話が違う。

それにアンナのこともだ。

彼女はまだ玲のことを好きだ。彼女の態度を見ていればわかる。

アンナは玲の仕事のこともよくわかっているし、社長の娘でもある。

もし、七瀬という存在がなければ、玲はそのままアンナと一緒にいたかもしれない。

胸の奥が痛む。

これは、恋の痛みなのか、それとも心地いい居場所を失うかもしれないという不安からくるものなのか。

二十九歳の今、結婚に焦っていないと言えば嘘になる。でもこのまま玲のプロポーズを受けていいのかどうかさえも、七瀬は判断できずにいた。

（また敬介の時みたいに、失敗したらどうしよう）

そもそも何が理由で敬介とうまくいかなかったのかさえ、七瀬にはいまだにわからなかった。

結婚間際だった相手に、突然別れを告げられたショックは、七瀬の中にまだ深い傷跡を残している。

玲の存在に頼り、そのショックを忘れようとしているという罪悪感もあった。

いろいろなことが積み重なって、七瀬が一歩踏み出すのを邪魔する大きな足枷《あしかせ》となっていた。

その日、玲は会議や打ち合わせなどでほとんどひとりになることはなかった。小会議室に戻ってきた時も沙月がそばにいて、七瀬と話をする時間もない。

七瀬の方でも、ときおり視界にこちらを見つめる玲の姿をみとめるものの努めて気にしないように過ごしていた。

玲のためを思えば、新しい会社とライセンス契約をしてあさひ堂が吸収される方がいいのだろう。

しかし、愛するこの会社が〝吸収〟という形でなくなってしまうと思うと胸が痛い。

どちらがいいのか今の七瀬には判断ができなかった。

机の上でスマートフォンがブルブルと震えている。

ディスプレイを確認すると実家からの電話だった。

急いで廊下にでて通話ボタンをタッチする。

『今日お父さんの誕生日だけど、七瀬こっちに来られる？』

忘れていた。何日か前に母からメールが来ていたのだ。

「……うん、行こうかな」

実家に帰れば今日一日は玲に会わずに済む。

『あら、めずらしい。毎年忙しいとか何とか言って来ないのに』

からかうような母の声が聞こえる。

『玲くんも一緒に来る？』

ドキリとした。

「玲は行けないよ。仕事がとても忙しいみたいなの」

『あらそう、残念だわ。じゃあ、あまり遅くならないうちにこっちに来てね』

通話を終えると玲にメールを送った。

【今日は用事があるので実家に行って泊まります】

用件だけを送って、スマートフォンの電源を落とした。


定時になったので、明日に回せる仕事はすべて残しロッカールームに向かう。

西本が早い時間に退社する七瀬を珍しいものでも見るように見ていたが、七瀬は「実家に寄るの。お疲れ様でした」とだけ告げてフロアを後にした。

最寄り駅に降り立ち、駅前の和菓子屋で父の大好きな塩大福を買って実家へと急いだ。

商店街を抜けて近道の公園を横切る。

五月の末の夕暮れで心地よい風が吹いていた。昼間は子供たちであふれかえっている公園も今は、閑散としている。

マンションまでの道のりは慣れすぎていて普段は何も感じないのに、今日に限って小さかった頃のことをあれこれ思い出す。

もちろんその記憶の中で七瀬と一緒にいるのは玲だ。

(たとえどんな結果になるのだとしても、玲のやることに口出しする権利なんて私にはない。でも、足手まといにもなりたくない)

悶々と考えながらマンションに到着してオートロックを解除し、父と母の待つ実家のドアを開けた。

できる限りの笑顔と一緒に。


「お父さん、誕生日おめでとう」

テーブルには父の好きな食べ物が並んでいた。

すでにビールを飲んでいた父に塩大福を渡す。

「もう誕生日なんて嬉しくないが。ありがとう」

少し酔った父の顔がほころぶのを見て、改めて皺の数から重ねられた年齢を思う。

「お父さんも歳なんだから、もうあんまりムリしないでね」

「何言ってるんだ。まだまだ元気だ。バカにするなよ」

七瀬と和夫の会話に、母の悦子が加わる。

「お父さんは孫を抱く気満々よ。早く願いを叶えてあげてね」

母の言葉に胸がチクリと痛む。

「いいから早く飯にしよう」

父に急かされて、いつもよりも少しだけ贅沢な食事がはじまった。

（孫か……）

楽しそうに話す父と母を見つめて七瀬は考えていた。

今は夫婦となっているふたりも元は赤の他人だったのだ。そのふたりが愛し合ってひとつの家庭を作った。

それは今の七瀬にはとてつもなく難しいことのように思えた。

怜と一緒に暮らしてお互いのことを理解しているつもりでも、言いたいことや聞きたいことは、飲み込んでしまってまだ口に出せないでいる状態だ。

両親のような関係を、自分たちも作り上げることができるのだろうか。

そんなことを考えているとインターフォンが鳴る。

「こんな時間に誰かしら？」

悦子がモニターを確認すると、困惑した表情で振り返った。

「七瀬……敬介くんが来てるわ。下で待ってるって」

思いがけない人物の登場に、その場の誰もが戸惑っている。

「え？　敬介……どうしてこんな時に……わかった、ちょっと行ってくるね」

席を立った七瀬に和夫が心配そうな表情で尋ねる。

「大丈夫なのか？　一緒に行こうか？」

「大丈夫だよ。きっと仕事の話だわ。私がスマホの電源落としてたから……急ぎの仕事かな？」

両親を心配させまいとして、努めて明るく言った。

「携帯の電源は入れてから行きなさい」

まだ心配する和夫の言いつけどおり、電源をオンにしてから七瀬はマンションの下へと向かった。

「……敬介？」

マンションの外灯の下に立つ人影に話しかける。

その人はまぎれもなく元カレだった。

外灯のせいか青白く見えるその顔に、力ない笑顔が浮かぶ。

「ごめん、こんなところまで来て。実家に帰るって言ってたのを聞いて」

おそらく西本が教えたのだろう。

「うん……どうしたの？」

とにかく話を早く終わらせたくて、七瀬は先を急かした。

「なぁ、七瀬。黒住さんと付き合ってるのか？」

思いがけないことを言われて言葉に詰まる。

「付き合ってるっていうか、一応結婚は申し込まれてる」

七瀬は、正直に答えた。敬介の様子から言って何か大事な話があるようだ。

「結婚するのか……？　いや、答えなくていい」

敬介が、七瀬の両肩を掴む。

「俺とやり直そう。まだ結婚してないんだから、いいだろう？」

身勝手な言い分に、瞬時に怒りのスイッチが入る。

「な、何言ってるの？　敬介の方が別れようって言ったんだよ。勝手すぎるっ！」

グイッと肩に置かれた手に力が加わる。

「勝手だってわかってる。だけど、この気持ちはどうしようもないんだ。やっぱりお前じゃないとダメなんだよ」

「今さら……出張だって嘘ついてまで私を追い出そうとさえしたくせに！」

我慢できずに、たまっていた不満をぶつけた。

「あれはっ……、早く荷物を片づけて欲しかったんだ。お前の荷物があると期待するだろう。もしかしたら戻ってきてくれるんじゃないかって……」

切ない眼差しで見つめられて、一瞬胸がキリリと痛んだ。

しかし、敬介とは終わったのだ。玲の力を借りながらやっと前に進もうとしている。ここでまた元の鞘《さや》に収まるわけにはいかない。どんなことがあっても、敬介の元に戻ることなどあり得ない。

「早川さんはどうするのよ!?」

「彼女のことは……正直愛してるかどうかわからないんだ」

「いい加減なことばかり言わないでよ、あんなに派手に婚約を発表しておいて。悪いけどやり直す気はないわ。私の好きだった敬介はこんな人じゃなかったはずよ」

肩に置かれた手を振りほどく。

「じゃあ、教えてくれよ。お前の知ってる俺はどんな奴だったんだよっ！」

逆ギレとも取れる言い方に、七瀬は驚いた。

(自分勝手なところもあったけど、こんな風に怒鳴ったりしない人だった……)

「ごめん……大声出して。ちょっと俺の話、今さらだけど聞いてくれるか？」

すがるようにして頼まれると、どうしても無下に断ることができない。

「わかったわ。話だけは聞く」

マンション前に置かれているベンチにふたりで座った。敬介はひと息つくと、話しはじめた。

「実は沙月の方から誘ってきたんだ。七瀬と付き合っててもいいからって。それで何回か食事に行ったりしてた」

彼の告白に、今さらながら七瀬は胸を痛める。

「私、全然気がつかなかったよ」

「ごめん。そしたら、ある日急に副社長に俺のことを話したって言うんだ。付き合ってるって。だから、父親と会ってほしいって」

大きくため息をついて話を続けた。

「七瀬と結婚する予定だったからそんなことできないって言ったら、『会社にいられなくなるけどいいのか』って」

七瀬は驚いて目を見開く。沙月がそれほどまでに敬介のことを愛していたとは思えなかったからだ。

「それでも、かまわないって言ったんだ。会社を辞めさせられたら、他の仕事をしてでも七瀬を養っていくつもりだった……」

「だったらどうして——」

七瀬の言葉を敬介の悲痛な声が遮る。

「仕方なかったんだ。実は俺、親が事業に失敗して借金を抱えてて、俺がその金を返してた。だから、お前の両親に挨拶に行くのに時間がかかったんだ」

それまで七瀬に向けていた視線をそらした。

「でも、もう返し終わったんでしょ？」

「あぁ、ちゃんと返したんだ。でも、またどこからか借金してきたみたいで……、バカな親だと思って放っておこうと思ったよ。だけどできなかったんだ」

敬介は怒りをぶつけるようにして、拳で自身の太腿を激しく殴打した。

「そ、そんなこと——私、何も聞いてないよ！」

「言えるか？　好きな女に、もうすぐ結婚する相手に、親の借金のことなんて！」

敬介の膝においた拳が震えている。

「お前に苦労をかけるのわかっていて、結婚なんてできるわけないだろう。だから、逆玉の輿だって噂されても、あいつと一緒になれば金の苦労もなくなるかと思って、好きでもない沙月との結婚を決めたんだ」

（どうして私、気がついてあげられなかったんだろう……）

きっといろいろと悩んでいたにちがいない。親の借金を返すなんてことは生半可な覚悟ではできないはずだ。

そう考えれば、付き合っていた頃の素っ気ない態度も会話の少なさも、理解できるような気がした。

「だけど……だけど七瀬の顔を見るたびに後悔した。アイツの横で笑ってる七瀬を見ると気が狂いそうになったよ、どうして七瀬の横に立ってるのが俺じゃないんだって」

「だって……私、振られたのに……、あっ、電話」

和夫が心配して電話をしてきたのかもしれない。通話ボタンを押そうとするとそれを敬介が阻む。

「今だけは、俺の話を聞いてほしんだ」

敬介がスマートフォンごと七瀬の手を握る。

手の中のそれはしばらく鳴り続けたあと、一度切れてもう一度鳴りはじめる。

「電話出なきゃ……」

「もう少しだけ、ふたりで話す時間をくれよ。俺、本気で七瀬とやり直したいんだ。お前が許してくれるなら、今からお父さんたちに謝りに行きたいんだ」

握った手に力が込められた。


「――許せるわけないでしょ」


暗闇から声が響いた。

「玲……？」

玲はふたりが座っているベンチまで来ると、グイッと七瀬を引っ張って敬介から隠すように背後にかくまった。

「今さら何言ってるの？　最初に手を離したのはアナタだ」

玲が冷たく言い放つと、敬介も負けじと言い返す。

「君には許しを乞うてない。七瀬と話をしてるんだ」

「前にも言ったと思います。これからはすべて僕に連絡してくださいって」

敬介は苦虫を嚙みつぶしたような顔をして、玲を睨んでいる。

「愛の告白まで、君を通さないといけないのか」

玲の目は、今までにないほど怒りに満ちていた。

「はい、もしもう一度するなら僕に言ってください。伝えるかどうかはわかりませんが」

ふたりとも一歩も引かない。

当事者の七瀬は放っておかれたままだ。

「とにかく今後は、ナナちゃんに一切近づかないでもらいたい」

強く言い切った玲を忌々しそうに敬介は見ている。

「おじさんが心配して僕に連絡をくれたんだ。さぁ、みんな待ってるから帰ろう」

肩を抱かれて、エレベーターホールに向かう。

振り向いて敬介の顔を見ると悲しげな表情でジッとこちらを見つめていた。


「遅くなってすみません」

玲は玄関に入るなり、和夫と悦子にそう謝った。

「玲くん、面倒なこと頼んですまなかったね、まぁ、こっちへきて一杯やりなさい」

和夫に勧められるままにテーブルにふたり並んで座った。

安心した両親の顔、にこやかにほほ笑む玲。

しかし七瀬の頭の中には、去り際に見た敬介の顔が焼きついて離れない。

（ちゃんと食べないとみんなが心配する……）

久しぶりの母親の手料理を味わう余裕すらなく、淡々と箸を進めた。

時には笑顔を浮かべて、いつもと変わらない自分であるように努めた。

食事が終わり「泊まっていけ」という両親の勧めを、玲は「明日も忙しいから」と断った。

「じゃあ、送ってくる」

七瀬はそう告げると、玄関で和夫と悦子に見送られながら玲とともにエレベーターに乗り込んだ。

扉が閉まる。年季の入ったマンションのエレベーターは狭くて動きが遅い。

七瀬も玲も、何も話さなかった。

エレベーターのガタガタという動作音だけが響き、一階に到着した。

マンションのエントランスを抜けると、先を歩いていた玲が七瀬を振り返る。

「……僕に何か言うことあるんじゃないの？」

「えっ？」

「アイツ……谷本さんのこと何も説明してくれないの？」

「あぁ、ごめんちょっといろいろ考えてて」

まっすぐに見つめる玲。うしろめたいことは何もないのに、彼を見つめ返すことができない。

「食事の間だってうわの空だったじゃないか。おじさんもおばさんも心配してた」

努めて普通にしていたつもりだったのに、あの場にいる全員に気を遣わせていたのだ。

がっくりと肩を落とす。

「心配かけてごめん――」

「欲しいのは、謝罪じゃないよ。何があったのか事実を教えて」

玲の言葉に、小さな怒りが感じられた。

「……敬介が、私と別れて早川さんと婚約した理由をやっと教えてくれたの。親の借金があったんだって……」

玲の顔からは、何の感情も読み取れない。

「でも別れを決意したのも、ナナちゃんを捨てて他の女と結婚するって決めたのも彼自身だ」

「……そうだけど、私、事情もわからずに敬介だけが悪いって、彼だけを責めてた。不誠実だって」

「はっ、何言ってるの？　実際そうなんだから仕方ないじゃない」

冷たく取りつく島もない玲に、七瀬はそれでも反論する。

「だけど、私は敬介の彼女だったんだよ。婚約もしてた。なのに彼のこと何もわかってなかったんだよ。私だって悪かった……」

玲は呆れたように、首を左右に振った。

「だから、それがどうしたっていうの？　ああ、でも、僕よりはましなポジションに彼はいたってことだよね。僕はナナちゃんとまだ付き合えてもないし、正式にプロポーズを承諾してもらえたわけでもないから」

「……玲」

　突き放すように言われて、言葉が出ない。

「おまけに、アンナのことだってあれから何も聞いてこないし」

　いつもの玲とは明らかに違う。怒りをむき出しにして七瀬にぶつけてきている。

「何も言わなかったのは、あの男でしょ？　話してもらえないのに理解できるはずないじゃない。そんな状態で〝私も悪かった〟なんていくらなんでもお人好しすぎるよ」

　確かに玲の言うことは間違いじゃない。でも、だからといってこの心のモヤモヤがなくなるわけじゃないのだ。

　どう説明していいのかわからず、言葉につまる。

「ナナちゃんが気に病むことじゃないでしょ？　小さい頃に拾ってきた、子猫じゃないんだ。情けをかけても何にもならない」

　冷たい目の玲を見つめる。

「――それとも、僕が彼にも飼い主を見つけてあげればいいの？　あのときの猫みたいに」

「玲っ！　そんな言い方」

　あんまりな言い方だと、大きな声を出す。

「ねぇ、ナナちゃん、元カレに同情するのもいいけど僕の気持ちはどうなるの？」

　冷たいだけだった玲の瞳に悲しみの色が宿る。

「僕を受け入れられないなら、せめてどうやったらナナちゃんのことを嫌いになれるか教えてよ。何年もあがいてきたけど、どうしてもその方法だけは見つからないんだ」

苦しそうな表情の玲を見て、その原因が自分であることを申し訳なく思う。

「僕は悪くない。謝らないからね。だから、ナナちゃんも冷静になってよく考えてよ」

玲はそういうと、クルリときびすを返して歩きはじめた。

「……玲」

ひとり残された七瀬の声が、その場に悲しく響き渡った。

＊　＊　＊

すぐにタクシーを摑まえようとしたが、こういう時に限って一台も通らない。チラリと振り返ると、マンション入り口に向かって歩いている七瀬の姿が見え、追いかけてきてくれることを期待していた自分に気づく。

（女々しすぎるぞ……）

自嘲しながら、ゆっくりと足を進めた。

（本当は、あんなことが言いたかったわけじゃない）

七瀬には自分は悪くないと言ったが、彼女にあんな顔をさせた時点で悪いのは自分だ。

だが、今回は我慢ができなかった。

やっと玲は、七瀬が自分の腕に収まることに慣れてきたと思ったのに、また敬介が現れて七瀬の気持ちを引っ掻き回した。

他の人なら、恋心が残ってもいない限りあんな風に悩んだりしない。でも情の深い七瀬のことだ。

きっと自分を責めて悩んでいるのだろう。

（まさか、まだアイツに未練があるのか……）

嫌な考えが頭に浮かぶ。

アンナのことについても、反応がなさ過ぎて正直、玲はガッカリした。

もっとヤキモチを妬いて、アンナとの過去について問いただしてほしかった。

自分が七瀬にとって、どうでもいい存在だとは思いたくもない。

いつだって心の中にいる七瀬。長い年月の中で、忘れようと思っても、嫌いになろうと思っても、ずっとずっと自分のど真ん中に居続ける彼女の身も心も、自分のものにできる日がくるのだろうか。

薄明かりの外灯の下で足が止まる。ジジジという不快な音が耳に入ってきた。

（ナナちゃんは、僕をどれだけ振り回したら、全部僕だけのものになってくれるんだろう……）

なんだかそれが、果てしない道のりであるような気がして、玲はぐっと拳を握りしめた。

第十三章　守りたいもの

久しぶりの実家からの出勤だったので、いつもよりも一時間早く起きた。

「おはよう」

リビングに行くと、すでにキッチンからは味噌汁のいい匂いが漂っている。

「おはよう。ご飯食べていくでしょう?」

テーブルを見るとすでに七瀬の分まで朝ご飯が準備されていた。

「うん。いただきます」

先に食べていた和夫の横に座って食事をはじめる。

「……おいしい」

昨日はいろいろ悩んでほとんど眠れなかった。最後に時計を見たときはすでに四時を回っていた。

考えてみると、七瀬と玲が言い争いをしたのはこれが初めてだった。

「母さんの味噌汁は絶品だ」

和夫が新聞を読みながらふとつぶやく。

「まぁまぁあなたったら、できればもっと手の込んだ料理をほめてくれる方が嬉しいんですけど」

そう言いながら、緑茶を淹れた湯のみを差し出した。

何も言わずに受け取った和夫は、それをひと口含むと「ふー」と息をついた。

「お母さん。私もお母さんと同じ味の味噌汁作れるようになるかな？」

「何よ急に、別に同じものなんて作らなくていいのよ。これは妹尾家の味なんだから、あなたは結婚したら、新しい家の味の味噌汁を作ればいいのよ」

「新しい家の味？」

「結婚して家庭を作るっていうのは、いろいろなことの積み重ねなのよ。時間をかけて不完全なものを完全に近づけようとすることなの」

母の言葉は意外だった。七瀬の目に両親はいつも完璧に見えていたからだ。

「そうなの？」

「そうよ。最初から完璧な家庭なんてないわよ。いつも不完全。だから互いに寄り添いあって努力しないといけないの。七瀬は自分をさらけ出すことができる相手を選びなさい。母さんはあなたが誰を選んでも、味方でいてあげるから」

母親が、相変わらず鋭いことに驚く。

今の七瀬が何に悩んでいるかを、すっかり見抜いていたのだ。

七瀬の前にもお茶が置かれた。

それをゆっくり飲み干して七瀬は立ち上がった。

「行ってきます」

幾分か心が穏やかになった。そして家族の大切さを改めて知った。

＊　＊　＊

午前中は経理システムのトラブルに追われて、業者とのやり取りだけで終わってしまった。

七瀬は社員食堂でランチを急いで済ませてデスクに戻り、まだ昼休みだというのに仕事を始める。

「妹尾さん、悪いけど応接室にお茶お願いできる？」

総務部長が申し訳なさそうに言う。

まわりを見ると男性社員しかおらず、女性社員はまだ昼休憩から戻っていなかった。

「はい、わかりました」

七瀬は立ち上がり給湯室へ向かった。


「失礼します」

応接室に入るとそこには、マークの姿があった。

お茶をテーブルに置く。

「ナナセさん、ありがとう。ちょっとお話しできますか？」

急に呼び止められて驚く。

「あ、はい。少しなら」

七瀬はマークに促されて向かいのソファに腰かけた。

「ナナセさん、先日はアンナが失礼をしたようですみません」

思いがけない人に謝られて驚く。

「あの、大丈夫です。気にしてないとは言えませんけど」

「ふふふ、レイから聞いているよりも素直な人ですね」

（玲ったらどんな話してるのよ）

恥ずかしくなって思わず顔を伏せる。

「アンナは昔からレイを必死に追いかけていたから、アナタに冷たく当たったみたいですね」

「もう、本当に気にしないでください。大丈夫ですから、それよりもお訊きしたいことがあります」

七瀬はこれはチャンスだと思い、訊きたいことをぶつけてみた。

「玲が今回うちの会社の立て直しに乗り出すことで、会社で微妙な立場に立たされているっていうのは本当ですか？」

少し渋い顔をしたマークが「それもアンナか……」とつぶやいて、ひと呼吸おいて話しはじめる。

「確かにそれは本当のことだよ。私もあさひ堂の再建については大手に吸収という形が適切だと主張した」

（やっぱり……）

玲はCEOの意見に反対してまで、自分のやり方であさひ堂を立て直すつもりだったのだ。

「でも、レイは断固として自力再建を望んだんだ。絶対できると言い切ってね」

「玲はどうしてうちの会社にこだわったんでしょうか？」

「さて、いろいろ理由は並べていたけれど、どれが本当かは私にはわからない」

七瀬は思い切って聞いてみた。

「私が原因でしょうか？」

「さぁ、どうだろうか。彼に直接確認してみたらいいんじゃないかね」

肩をすくめて見せるマークに、七瀬は頭を下げて応接室をあとにした。

＊　　＊　　＊

応接室から戻ると、午後の仕事が再開されていた。

本来ならばすぐにデスクに戻らなければならないのだが、七瀬は迷わず小会議室へと向かいドアをノックする。

奥から玲の「はい」という返事があったので、ドアを開けた。

玲のそばには沙月が立っていて、七瀬の顔を見ると勝ち誇ったような笑顔を浮かべた。

(そうだ、この人のこともあったんだ……とにかく冷静に話をしないと)

「黒住さん、ちょっとお話いいですか?」

七瀬は沙月を見ないようにして、玲に話しかけた。今大切なのは玲のことだけだ。

「うん。じゃあ早川さん、少し席をはずしてもらえるかな?」

不服そうな表情を一瞬浮かべたが、沙月はすぐに部屋から出て行った。

「こっちに座ったら?」

言われるままに向かいの席に座る。

声の調子からいまだに昨日のことを怒っているということがわかる。

「ごめんね、仕事中に」

「別に。大事な話なんでしょ?」

素っ気ない態度にくじけそうになるが、先を続ける。

「さっきね、マークにお茶をお持ちしたの。それでアンナさんが言ってたことが本当なのかどうかを尋ねた」

「そう……そんなこと」

玲は軽く返事をするだけで、話の先を促した。おそらく七瀬が何を言おうとしているのか、あらかた予想はついているのだろう。

「玲、もうあさひ堂のことから手を引いていいよ」

玲の目が剣呑に光る。

「――なに言ってるの？　アンナの言ったこと真に受けたの？」

「だって、玲の立場を考えたらこのまま続けていいとは思えないよ。業績だって本社が思ってるほどは良くなってないんでしょ？」

「そんなことないよ。ちゃんと僕の計画通りに進んでる」

「でも、あのライセンスだけじゃ……」

新規キャラクターへのライセンスの変更。これで玲の評判があさひ堂の社内でも落ちた。

「あのライセンス契約だけが、僕のしている仕事じゃないんだよ」

ため息混じりの声はいつもの玲らしくない。

「でもマークでさえも、うちへの支援については反対だったって。玲……私のためにこの案件引き受けたんじゃないの？」

やっと訊きたかったことが訊けた。

「もちろんナナちゃんの大事なものだからっていうのもあるけど……」

「だったら、もうやめて」

七瀬は玲の言葉を遮るようにしてはっきりと言った。

「私のために玲が、つらい思いをするなんてイヤなの」

真剣に玲の目を見つめて話す。

「いくらナナちゃんのお願いでも、それは聞けない」

玲は頑なにそれを拒んだ。

「どうしてっ？」

自分でも驚くほどの強い声が出た。

「僕、もう子供じゃないんだよ。誰もいない家で、ひとり過ごしていた僕を温かい家に連れて行ってくれたことや、犬が怖いのに僕をかばって噛まれたこと。どれも本当に嬉しかった」

玲の表情は真剣そのものだ。

「だけど、僕はもうナナちゃんに守られたくないんだ。僕が君を守りたい。たとえどんなに自分が傷ついていても、人から何を言われてもナナちゃんを守りたいんだよ」

玲は七瀬に近づいてきて、髪を撫でる。

「僕にとって、ナナちゃん以上に大切なものなんてないんだよ」

「そんなこと……」

玲の痛いほどの気持ちを受け取り、七瀬も胸がぎゅっとしぼられたように痛む。

「せっかく頑張っているのに、それを否定されたら僕はどうやって生きていけばいいんだよ？　こういうときは『ありがとう、頑張って』って言ってくれればそれでいいんだ」

七瀬の顔を覗き込み、諭すように語る。

「だけど――」

「〝だけど〟はなし。昨日も言ったけどアイツのことにしたって、仕事のことにしたって
ナナちゃんは僕の気持ちをいつも無視してない？」

「そんなこと……」

「ないって言い切れるの？　僕が今欲しいのは『僕の将来を心配してくれるナナちゃん』

でも『はっきりしない自分のせいで僕を傷つけて申し訳ないと思ってくれるナナちゃん』

でもない」

玲は七瀬の顔を両手で包み込む。

「僕を好きって言って」

胸を貫くような玲の言葉に、七瀬は呼吸が止まりそうになる。

「ただ、僕のことを好きって言ってくれればそれでいいんだ」

熱い瞳に見つめられて、時間が止まった気がした。そのとき――。

〝コンコン〟

ノックの音がふたりのいる小会議室に響く。

「ちょっといいかな？」

総務部長の声がふたりだけの時間のリミットを告げた。

「はい、どうぞ」

玲がそう答え、七瀬はすっと席を立ち「失礼します」と言って総務部長と入れ替わりに部屋を出た。

——ナナちゃんを守りたいんだ。

——僕を好きって言って。

玲の言葉が七瀬の脳内でリフレインする。

自分の席に戻り、スクリーンセーバーにパスワードを入力して仕事をはじめようとしたが、いつの間にかまた、スクリーンセーバーに画面が変わっている。

（このまま玲の思いに甘えていていいの？　玲の人生をかけてもらう価値が私にあるの？）

気がつくと机の上のスマートフォンが震え、玲のメッセージを受信した。

開くと【急にニューヨークに戻って会議に出ないといけなくなった、こんなときにごめん】と用件が表示される。

返信を打っている最中に、玲が小会議室から出てきた。

ほんの少しこちらに視線を向けると、すぐにフロアから出て行った。

＊　　＊　　＊

玲がニューヨークに行っている十日間は、マンションがなんだかやけに広く感じた。

考えてみれば、この部屋にいる時はほとんどふたりだったし、その大半は離れることなくふたりでいつもくっついていたように思える。

——小さい頃と同じように。

おそらくそれが、七瀬と玲ふたりにとってベストな距離なのだろう。

敬介と一緒に暮らしているときも、同じように部屋でひとり過ごすこともあったのに、こんな風に相手がいないことに喪失感を感じることなどなかった。

ところが今は部屋にいると、玲のことばかり考えてしまう。

いつもそばにいてくれた玲。にこやかに笑顔だけを与えてくれていた玲。

そんな玲に甘えて、きちんと向き合わずに傷つけてしまった。

別れる前の玲の熱く、そして切ない瞳を思い出して、胸が締めつけられるような夜を七瀬は過ごした。

玲がいない間は、無理矢理仕事に没頭した。

そうしなければ、時間が全く進んでいかないからだ。

残業していると、経理課の電話が鳴った。こんな時間に鳴る電話を不思議に思いながら受話器を取ると、アンナの声が飛び込んできた。

「ナナセさん？　ちょっと、付き合って。外で待ってる」

一方的にそれだけ告げるとすぐに電話は切れた。

「いきなり……何？」

玲のいない間を見計らって呼び出したのだろうか？

一方的ではあるが、相手は待っているので、行かないといけないだろう。

自分の生真面目さに七瀬はため息をついた。


「遅いわね！」

急いで片づけをして駆けつけた七瀬に、アンナは不機嫌を隠そうともしなかった。

「私、飲みに行きたいの。どこか連れて行って」

「え？　私が？　ふたりで？」

「そうよ、ここにいるのはアナタと私だけじゃないの。さぁ、さっさとしてよ！」

綺麗な髪を肩から払って、琥珀色の瞳でギュッと七瀬を睨む。

（お願いする態度じゃないし……）

気は進まなかったが、七瀬はアンナの希望通りに、玲と再会したあのダイニングバーにアンナを連れていくことにした。

「いらっしゃいませ」

いつもカウンターにいるユージの顔をみてホッとした。

（誰も知らない店に行くよりはいいもの）

「すみません。本日カウンターしか空いてないんですが……」

「カウンターだけだそうです、いいですか？」

七瀬は一応、アンナに尋ねた。

「かまわないわよ。喉がカラカラなの、早く飲ませて」

そう言うと、アンナは七瀬を追い越して、空いている席に先に腰を下ろした。

湿度の高い日本に嫌気がさしたと言いながら、アンナはダイキリを注文した。

七瀬も同じものを頼む。

綺麗な手つきでカクテルを作っている間に、ユージが七瀬に話しかけてきた。

「今日は玲は一緒じゃないんですか？」

「うん。出張なの」

「相変わらず、忙しく飛び回ってるんだな」

ユージと話していると、アンナが面白くなさそうに割り込んできた。

「ちょっと、私を無視してふたりで楽しそうにしないで！」

アンナは不機嫌そうに、一気にダイキリを呷った。

「どいつもこいつも、ナナちゃんナナちゃんって」

ぶつぶつ言いながらお代わりを注文している。

「あの、今日はいったいどうしたんですか？」

「どうって……」

今までの勢いが急になくなる。

「実はレイにこの間のこと怒られたのよ」

「玲に？」

「うん。『ナナちゃんに余計なこと言ったら、許さないから』って、今まで見たことないくらい怖い顔で」

その時のことを思い出したのか、身を震わせた。

「あの〝初めての女〟っていうのは嘘じゃないわ。ただ〝初めて付き合った〟っていうのが正しくて……ハイスクールの時に告白して付き合ってもらったの」

アンナは自分と玲の関係を告白しはじめた。

「そうなんですか……じゃあ玲が初めて付き合ったのがアンナさんなのね？」

「そう、だけどもっと正確に言うと〝付き合ってくれないと死んでやる〟って脅して、付き合ってもらったのよ」

（え……それって）

「だから、レイからは何もしてこなかった。エッチもなかったし、キスはいつも私から無理矢理してた」

自嘲気味にくすくす笑いながらアンナは話す。

「だから、わかってたの。〝ナナちゃん〟には絶対勝てないって。それで意地悪したのよ。ごめんなさい」

アンナは七瀬に向かってしょんぼりと頭を下げた。

正直驚いた。玲を返せだの、七瀬のせいで玲の将来がめちゃくちゃだのと言われるんじゃないかと想像していたのに、いざ来てみれば思っていた展開とはちがう。

「今日はね、謝るのと同時に、お願いがあってきたの」

アンナが七瀬の方に体を向けた。

「お願い……ですか？」

「ナナセならレイのこと止められるんじゃないかって。おそらく彼は今ニューヨークの経営者会議であさひ堂の件を報告してるはず」

多くの人に囲まれて糾弾されているであろう玲の姿を思い浮かべて、胃のあたりがきゅっと締めつけられる。

「おそらくパパがこっちにいるから、レイの味方をする人はかなり少ないと思うわ」

「そうなんですか？」

「彼は仕事ができるからね、少しのミスを捉えて足を引っ張ろうとする人がたくさんいるのも確か。今回のあさひ堂の立て直しが失敗したら、レイはまたニューヨークの案件を受け持つことになるわ」

グラスが手から滑り落ちそうになる。

「それって、またニューヨークに住むってことですか？」

「そうね、玲がこの仕事を辞めないかぎりは」

（そんなこと思ってもみなかった……玲とまた離れ離れになっちゃうの？）

目の前の真っ青なダイキリの色を見つめる。

（――玲がいなくなる……）

たった数日の玲の不在だけでも耐えきれないぐらいに感じた喪失感。それが永遠に続くなんて……。

「ナナセ？　何どうしたの？」

「え？　何？」

「何って、どうして急に泣いてるのよっ！」

気がつくとポロポロと涙が零れ落ちていた。

人前で泣くなんて恥ずかしい。止めなければと思うけれど、七瀬の意志とは反対に涙はとめどなく溢れ、嗚咽《おえつ》まで漏れる。

玲がいなくなる――

そう聞いただけで涙が止まらない。

（私、やっぱり玲がいないとダメなんだ）

頭で考えるよりも、体が先に答えを出した。

「ご……、ごめんなさい……ヒック……あの何でもないの」

「何でもなくて泣くはずないでしょう？」

泣き続ける七瀬をアンナはぎゅっと抱きしめた。

「私、アナタなんか嫌いなんだから。でも泣かせたってレイやパパにばれたら、また怒られちゃうから仕方なくなんだからね」

アンナの不器用なやさしさに、止めようと思っていた涙がますます溢れる。

「はい、私はアンナさんのこと、今日から好きになっちゃいそうです」

そう泣きながら言うと、「な、何言ってるの？　調子に乗らないでよ！」と七瀬の背中をバンバンとたたいた。

「ごめんなさい。でも嬉しかったから……」

涙を手で拭う。

「レイにもそれぐらい素直になればいいのに。あなたたちふたり、見ているとイライラするのよ！」

アンナは目の前に置かれたダイキリを一気に呷ると、「酔っぱらったら、レイの代わりにナナセが私をホテルまで送るのよ、わかった？」そう言って、次の注文をユージにしていた。

第十四章　初めての夜

宣言通り泥酔したアンナをユージの手を借りてタクシーに乗せてホテルに送り、その後実家へと向かった。

「あら、またこっちに帰ってきたの？　玲くんは？」

「ニューヨークに出張」

そう言いながら、テーブルにつくと悦子がすぐにお茶を淹れてくれた。

ひと口飲むと、アルコールでだるくなった体が少しシャッキリしたような気がした。

「こんな遅い時間にどうしたんだ？」

和夫もやって来て、心配そうに言う。

「外で飲んでて、こっちの方が近かったから」

「それだけじゃないわよね」

こんなときに限って鋭い悦子は、和夫と自分の前にもお茶を置くと、腰かけた。

「あなたのその顔は、話したいことがあるときの顔よ」

（やっぱりお母さんには敵わないな……）

「私、玲と一緒にニューヨークに行ってもいい？」

「え？」

和夫が驚きの声を上げた。

「それは決定なの？」

悦子が先を促す。

「今回のニューヨーク出張で決まると思うんだけど……、私、玲についていきたい」

和夫も悦子も落ち着いた様子で、七瀬を見つめている。

「七瀬……お前が自分で決めたんなら父さんたちは何も言わないよ」

和夫の言葉を補足するように、悦子が口を開く。

「本当に玲くんでいいのね？」

悦子が確かめるように尋ねる。七瀬はコクリと頷いた。

「今まで誰にも心配かけたくなくて、いつも誰かに決めてもらった安全な道ばっかり歩いてきた」

胸の内をぽつりぽつりと話す。

「それを後悔してるわけじゃない。だけど玲とのことは自分で決めたいの。もし玲が〝ひとりで行く〟って言っても私ついていきたいの」

「そうか」

「それだけ？」

和夫があっさりと納得したので、七瀬は驚いた。

「七瀬ももういい歳した大人だ。自分のことは自分で決めなさい」

「お父さんね、後悔してるのよ。七瀬はいつも自分のやりたいことよりも私たちを安心させることを優先してきたわよね。小さい頃はお留守番、家の手伝い。就職も本当は税理士になりたかったのに、私たちの勧めであさひ堂に入った」

確かに七瀬は常に〝いい子〟でいることが周りを喜ばせるのだと思っていた。自分でもそれがいいと思っていたし、そういうものだと思っていた。

「この間、玲くんが挨拶に来た時に言われたんだよ。〝ナナちゃんにわがままさせてあげたい〟って」

（〝わがまま〟っていったいどういうこと……？）

「いつも人のために、何の苦もなく自分を抑えることができる七瀬に、自分の前でだけは、言いたいことを我慢せずに言って、やりたいことをやってほしいって」

「あの時そんな話をしてたの？」

悦子と和室の外に出されて、男ふたりで話をしたときだ。

「お父さんも私も、七瀬には失敗しない人生を歩いてもらいたくて、いつも先回りして口出ししてきたわ。だけど玲くんの言葉を聞いて、それが正しかったのかどうか考えちゃった」

悦子が申し訳なさそうに言うので、七瀬の心が痛む。

「何言ってるの？　お父さんとお母さんのおかげで私は今まで十分幸せに暮らしてこられたの。感謝してるよ」

テーブルの上に置かれた悦子の手に、七瀬は自分の手を重ねた。

「気持ちが固まらなくて、玲のことずいぶん待たせちゃった」

苦笑いを浮かべる七瀬の背中を、和夫がポンっとたたいた。

「やっと玲くんの思いが報われるな。『結婚を申し込みにきましたが、まだ肝心のナナちゃんの心が手に入っていないんです』って嘆いていたぞ」

（玲ったらそんなことまで親にも話すなんて……）

恥ずかしく思ったが、同時にずっと待ってくれていた玲の思いを感じて胸が熱くなる。

無理に奪うこともなく、流されやすい七瀬のことを理解して、自ら飛び込んで来るのを、待っていてくれた。

「そうそう玲くんてば、お父さんに面白いこと言ってたらしいわよ。『あの日僕のこと養子にしてくれなくてありがとうございました、おかげでナナちゃんと結婚できます』って」

悦子はくすくすと肩を揺らしながら笑う。

「まぁ、玲くんは筋金入りの七瀬バカだから、きっとふたりで幸せになれるよ」

幸せにしてもらうのではない、ふたりで幸せになるのだ。

部屋にもどった七瀬は、ベッドに横になり玲にメールを送る。

【会いたい。一刻も早く帰ってきて】

ただそれだけ。

電話をしようと思ったけれど、十三時間の時差がある現地では、まだ玲は仕事中だ。

それに、大事なことは玲のあの引き込まれるような澄んだ目を直に見て話したい。

（だから、早く帰ってきて……）

＊　＊　＊

玲からのメールの返事は【十八時の飛行機で帰る。僕も会いたい】という短いものだったがそれだけで十分だった。

そして二日後の夕方、玲は戻ってきた。

仕事を超特急で終わらせると、相変わらず要領の悪い西本のＳＯＳも断って、電車に飛び乗る。

今から急いで行けば玲の飛行機の到着時間に間に合うはずだ。

マンションで食事を作って待っていることもできた。だけど今の七瀬は、一秒でも早く玲に会いたかった。

いつもよりも電車がゆっくり動いているような気さえしてしまう。

ほんの数日離れただけなのに、数日前の自分と今の自分がまるで別人のようにさえ思えた。

改札を抜けて、早足で到着ゲートに向かう。

人がすでにパラパラとゲートから出てきている。

「……玲、――玲！」

ゲートから出てきたスーツ姿の玲を見つけると、七瀬は思わず名前を呼ぶ。いつもなら周りの目を気にして、そんなことはしないだろう。

だけど今は、早く玲に気づいてほしかった。

玲の目に自分の姿を映してほしかった。

大きく手を振る七瀬の姿を見つけた玲が、こぼれるような笑顔を見せ、スーツケースを引っ張って駆け寄ってくる。

「おかえり」

七瀬はまっすぐ玲を見つめた。

「ただいま。ちゃんと帰ってきたよ」

にっこりとほほ笑んだ玲は「抱きしめてキスー！　ってしてくれないの？」とイタズラっぽい顔で覗き込んできた。

距離がぐっと近づく。いつもなら逃げる。

しかし今日は――。

「チュ」

七瀬は玲の形のいい唇に、自ら口づけた。

「えっ？」

玲の耳が一気に真っ赤になる。

「は、早くしないと置いて行っちゃうよ」

七瀬も顔を赤くして、すたすたと歩き始める。

我に返った玲が、焦って小走りで追いかけてきた。

「ナナちゃん、今のあれ、もう一回やって！」

子犬のようにまとわりついてくる玲に「恥ずかしいからもうしない！」と言い、赤くなった顔を見られないようにうつむいて早足で歩く。

しかし、次の瞬間ピタっと止まって振り返り、玲を見た。

「部屋についたら、今度は玲からして」

頬だけではない。耳まで赤くして言う七瀬に「かわいいー！」という玲の叫び声が空港に響き渡った。


空港からはタクシーで部屋に帰った。

タクシーの中でもずっと手は繋いだままだった。

特別な会話をするわけでもない。出張に出発する前のごたごたについて聞きたいことはいろいろあったが、会ってしまえば、お互いの存在を感じることの方が大切に思えた。

タクシーを降りて、マンションに入る。

鍵を開けた玲がスーツケースを引っ張りこむと、七瀬の手を引いた。

勢いづいて前のめりになった七瀬は、しかし転ぶことなくすとんと玲の胸に抱きしめられた。

「ちょ……れ――っんン……」

同時にもたらされたキスは、角度を何度も変えて激しく七瀬を翻弄した。

玲は両手を七瀬の髪に差し入れて、逃がさないようにする。逃げることなどできない。

（もう、逃げたりしない……。素直な私を受け入れてほしいの）

七瀬は玲の背中に腕を回すと、ぐっと力を入れて抱きしめた。

それに気がついた玲が、鼻先だけくっつけた状態で七瀬を見つめる。

「約束通り、僕からのキスだよ。お気に召しましたか？」

「うん。嬉しい」

七瀬の言葉に〝チュ〟とかわいいキスを返してくれたあと、すぐに思いをぶつけるような深いキスをされた。

いつの間にか七瀬の背中は壁に押しつけられた恰好で、玲の激しいキスで力の入らなくなった体を支えていた。

「……はぁん、ねぇ、玲、ちょっと待って、お願いがあるの」

（これ以上、何がなんだかわからなくなる前に言っておかないと……）

「玲、もう私を置いて行かないで、次にニューヨークへ行くときは一緒についていくから」

自分の思いを素直に伝えた。

幼かったあの頃、玲と別れて寂しかったことを思い出す。

最初は頻繁だった手紙のやり取りも、だんだん回数が減っていった。玲のことは、懐かしい幼馴染みとして思い出の中にしまっていたのに、再会とともに過去よりも強い思いが七瀬の中に生まれてしまった。

「玲……好きなの」

「ナナちゃん……」

玲の声はわずかに掠れていた。

「玲、好きよ。だからもう絶対いなくなったりしないで」

まっすぐに玲の顔を見て伝えた。

泣きたくないのに、目じりに涙が浮かぶ。

「それって心も、体も、戸籍も全部僕がもらってもいいってこと？」

玲の質問に、頷くと同時にたまっていた涙がひとつこぼれた。

「約束したもの。玲のお嫁さんになるって。ずいぶん待たせてごめんね」

泣いたり笑ったり、化粧も崩れて自分はきっとひどい顔をしてることだろう。だけど、玲にならば全部見せても平気だ。

自分のすべてを預けても、玲なら大丈夫。

「ごめん、もう一秒も我慢できないっ」

そう言ったかと思うと、すぐにひざ裏と背中に手を回されて抱き上げられた。いつかと同じように寝室のドアを足で乱暴に開けた玲は、そのまま七瀬をゆっくりとベッドにおろした。

着ていたスーツのジャケットを脱ぎすてて、ネクタイをもどかしそうに緩めてから抜き取った。

クルリと七瀬を振り返った玲には、いつもの笑顔はなかった。彼の瞳には欲情の色が鮮やかに浮かんでいた。

「ごめん、本当に余裕ない」

焦った様子で七瀬に覆い被さってくるので、七瀬は急におかしくなり、思わずくすくすと笑ってしまった。

（いつも余裕たっぷりの顔してるのに……）

そんな玲が愛おしくなる。その原因が自分だと思うとよけいに。

「何笑ってるの？」

玲が不満そうに目を細めて抗議してくる。

「ごめんね。何だか嬉しくて。もう笑わないから」

「大丈夫、もう笑う余裕すらなくしてあげるからね」

情欲的に片方の口角だけ上げ笑う玲に、七瀬の体が自然に震えた。

「ナナちゃん、好きだよ。ずっと、ずっと好きだった」

その真剣なまなざしや声から、玲の真摯な思いが七瀬の体に溶け込む。

最初は違和感があった〝男性〟の玲の顔が、今は大好きになった。

いつもなら焦らすように、いたるところにキスを落とされるが、今日は最初から激しく唇を奪われた。

あっという間に、舌を絡めとられてお互いの舌をすりあわせると、ピチャピチャと音がする。

耳に入る淫靡な音に、七瀬の体温が一気にあがる。

激しいのに、甘い――玲とのキスは心も体も溶かしてしまう。

うっとりと集中していると、いつの間にか七瀬のブラウスのボタンはすべてはずされていて、ピンク色のブラジャーがあらわになっている。

申し訳程度にできた、白い谷間に玲が顔をうずめた。

「僕、ナナちゃんのここ大好き」

チリっとした小さい痛みを感じたかと思うと、舌でくすぐるように舐められる。

背中に手が回り、優しく撫でた。するとふっと締めつけ感がなくなる。

胸の谷間や、首筋にされるキスに翻弄されているうちに、七瀬の上半身はすでに何も身に着けていない状態になっていた。

「ここも、今日からは僕だけのもの」

チュウっと音をたてて、白い胸の先端を口に含まれ、吸い上げられた。

「ひぁ……ん、いきなり強くしちゃヤダ」

何の予告もなく与えられた甘い刺激は、体の奥を疼かせる。

「今日は優しくできないから。ごめん」

七瀬の抗議はあっさりと拒否されて、ますます強く〝ジュ、ジュゥ〟と音をたててもてあそばれる。

「手加減なんてできないよ……ナナちゃんここ、こうされるのも好きだよね？」

そして、もう片方の先端は人差し指で何度もはじかれる。

「ンぅ――やぁん」

自分でも恥ずかしい声が出ているのがわかる。でも、我慢することなんてできない。

「もっと、もっと声出して。僕に感じて、僕がナナちゃんを気持ちよくさせてるって実感させて」

そう言ったかと思うと、口の中で堅くなった先端にカリッと、優しく歯をたてた。ピリリとした電流に似た感覚が、背中を走り抜ける。

「ああっ！　嫌なの、それされると感じすぎちゃう」

玲の言葉に素直に答えた。

自分がどう感じているかを口にして全部玲に知ってほしかった。

「もう、ナナちゃん間違ってるよ。感じるんだったら〝イヤ〟じゃなくて〝イイ〟でしょ？」

耳元で暗示をかけるようにささやく玲。

そしてそれは七瀬には効果絶大だった。素直に教えられたまま、その言葉を口にした。

「……気持ちイイの」

その言葉が七瀬の体に火をつけた。

「素直でとってもいい子。いつものナナちゃんとは大違いだね」

まるで〝ご褒美だよ〟とでもいう風に、胸への刺激を強めた。

下からすくうように持ち上げられて、やわやわと揉まれる。

先端への刺激はダイレクトに体の芯に響いた。

玲の綺麗だけれど骨ばった手が、ゆるゆると下の方に降りてくる。

みぞおちを通過して、へその周りをクルクルと指先で撫でる。

「……っう……そこくすぐったい」

身をよじらせて抗議をするが、玲はやめない。

「ここも、もっと気持ちよくなるよ」

あっという間にスカートのファスナーを下ろして、それを脱がすと同時に一気に下着もストッキングもはぎとった。

「ちょっと、玲……そんないきなり」

「今さら恥ずかしがることなんてないよ。何度も見てるし――」

ニヤリと意地悪い笑みを浮かべた。

「それにここが、もうぐっしょりと濡れてるのも知ってるから」

唇をペロリと舐めた玲の様子を目にした七瀬は、野性味を帯びた彼の姿に下腹部が疼く。

「そ、そんなことない……！」

恥ずかしくて、膝をすりあわせ必死にごまかそうとした。

「さっきまで素直だったのに、また意地っ張りに逆戻り？」

玲は時々こんな風に意地悪になる。こうなってしまうと、どうしても七瀬は逆らうことができなかった。

「じゃあ、触ってみて濡れてなかったら、ナナちゃんが僕の体好きにしていいよ。けど恥ずかしいくらい濡れてたら――」

（どうするつもり!?）

七瀬だって自分の〝そこ〟がどうなっているのか、わかっている。

だからこそ、玲の出す要求におびえるのだ。

「僕がナナちゃんを好きにさせてもらう。ひと晩中ね」

片方の唇の端をきゅっと上げ、確かめるように七瀬のソコに指を這わせる。そしてその感触を確かめると、ニヤリと人の悪い笑みを浮かべた。

「嘘つきナナちゃん。約束通りナナちゃんのこと、好きにさせてもらうよ」

「そ、そんなの。だってどっちにしても、玲の喜ぶことばっかりじゃない」

あまりに不公平な気がして抗議した。

「そんなことないよ。ナナちゃんを今までにないくらい気持ちよくさせてあげる。一番喜ぶのは僕じゃなくてナナちゃんだよ」

そう言うや否や、七瀬の蜜に濡れた奥に隠された粒をグイッと押しつぶすようにこすり上げた。

「ひぃん……っ」

今まで感じたことのないような強い刺激に、七瀬の腰がぐいっと持ち上がる。

「ここ、こうするの好きだよね。今までいっぱい練習したから僕には隠せないからね」

ぐいぐいと力を込めたかと思うと、ふっとゆるく羽で撫でるように刺激された。

その感覚に耐えられなくて、耳をふさぎたくなるような声がとめどなく溢れてきた。

「玲、そこダメなの。そうされると……あぁぁ――……はぁ……」

「そうされるとどうなるの？」

わざと聞いてくる玲を睨みたいのに、体に力が入らず、うるんだ瞳でただ見つめるだけになる。

「言えないんだったら、どうなるかやってみよう」

好奇心丸出しの小学生のように言って、みだらな行為を加速させる。

「あぁ、ここすごくふくらんで充血してきたね。じゃあ、次はこっちかな？」

グイッと指が奥に進む。下着を取られた時からすでに濡れていたソコは、暴かれた粒に加えられた刺激で先ほどよりも、もっと蜜を溢れさせていた。

「はぁ……イヤ、いあぁ……」

「あぁ、ここじゃないよね。ごめん。もっと奥のココ」

七瀬のことを熟知している指は的確にソコをとらえて刺激する。それと同時にごぷりと蜜があふれ出す。

玲が指を動かすと、ジュブジュブと大きく響く音が、七瀬の耳にまで届く。

もっとも敏感なところに与えられた刺激に、七瀬の奥の快楽がどんどん大きな塊となっていく。

なおもジュクジュクとかき回されて、七瀬は快楽の波に逆らうのを諦めた。その刹那、閉じた瞼の裏で白い光がはじけた。

「あぁああ……、んっ、いっちゃ……あああぁ」

白い体を波打たせて、腰がぐっと上がったかと思うとストンとベッドに落ちた。

スプリングの振動が全身に伝わってくる。

「イっちゃった？」

顔を覗き込んでくる玲から逃れようと反対を向く。

「もう、ほんっとぉ……にっ……やめっ」

息が上がってまともに声を発することができない。

「やめてほしいの？　僕はそれでもいいけど、ナナちゃんこそ僕の指をくわえて離してくれないんじゃない」

必死な七瀬とは対照的に、玲は七瀬の中に埋めたままの指を、なおも動かしながら意地悪に笑う。

「いじ……わるっ」

「僕が意地悪？　どこが？　こんなに気持ちよくさせてあげてるのに。あぁ、もしかして口でしてほしい？　ナナちゃん好きだもんね？　僕の舌」

「ち、違う！」

（恥ずかしい、だけど、もう……）

「玲……が、欲しい……の」

七瀬の途切れ途切れの声に玲が目を見開く。

「……もう一回、もう一回言って」

玲の声は興奮して、少し掠れていた。

「玲が、欲しいの。私の中に玲が欲しいの」

七瀬がやっとのことでそう告げると、一段と激しいキスが落とされた。

キスをしながら器用に玲は服を脱いでいく。

すぐに裸になった玲は、ベッドサイドのテーブルの引き出しから四角いビニールの袋を取り出すと、袋を破り中身を自身にかぶせた。

「先に謝っておくけど、僕初めてだから、今回はナナちゃんをイかせてあげられないと思う。ごめんね」

余裕のない表情で、その先端を七瀬に押しつけ、二度、三度と往復した。

「えっ？　……ぁあああ、っつ……」

何か重大なことを聞いたような気がする。でも、玲がゆっくりと七瀬の奥に入ってきたので、どういうことなのか考えられなくなった。

「ン……あったかい……はぁ、すごいっ」

玲は感嘆の声を上げながら、七瀬のひざを両手で大きく開いて玲が中に進んでくる。

「全部入ったよ」

つむっていた目をゆっくりと開くと、そこにはつらそう表情を見せる玲がいた。

「れ、玲……どうしたの？」

七瀬は心配になる。

「な、なんでもない。ちょっと想像してたよりも良すぎて……」

眉間に深い皺が刻まれる。

「全然我慢できそうにないッ！」

そう言うと同時に腰を大きく後ろに引いたかと思うと、一気に七瀬の中に突き入れた。

「ひぃっ……ぁああああ……」

玲が最奥まで一気に入ってくると、七瀬の目の前にチカチカと閃光が走った。

「ダメだって、ナナちゃんそんなに締めつけられると、僕……」

そう言われても、七瀬だってどうしていいのかわからない。ただ玲から与えられる快楽がそうさせるのだから。

「ごめん、ホントに。僕、何回でもできるから、とりあえず一回イカセテ……」

七瀬の胸に顔をつけていたかと思うと、起き上がって七瀬のひざを自分の肩にかけ、より深いところまで穿つ。

「きゃぁ……、ん……あああ……」

抵抗する暇などなかった。

玲がたたきつけるように腰を七瀬にぶつけてくる。

体内で初めて感じる玲の存在に七瀬の気持ちも昂《たかぶ》った。今まで何かにくるんで人には見せないようにしてきた心を、裸にして玲に明け渡した。

(玲が好き……愛してる)

小さな頃から自分よりも年上の七瀬を守り、気遣い、いつもそばにいてくれた。

今になって、それがどれほどかけがえのないことだったのかがわかった。

彼の与えてくれる大きな愛を失うことなど、今の七瀬には——いや、これから先もずっと考えられなかった。

「玲……あぁ……ン、あぁああ……」

「ナナちゃん……好きだよ。七瀬——ン……」

グイッと最奥を突き上げ、薄い膜の中に熱い飛沫を放った玲はそのままぎゅうと七瀬を抱きしめた。

それと同時に七瀬の中でくすぶっていた快感がはじけ、強い刺激とともに体がふわりとした幸福感に包まれた。


しばらくの間、はぁはぁというお互いの息の音しか聞こえなかった。

「これでやっと全部僕のものにできた。愛してる、ナナちゃん」

うるみ昂った瞳で見つめたあと、チュッと左頬に触れるだけのキスをした。

それは、小学生の玲が七瀬との将来の約束を取りつけたあの夜と同じようなキスだった。


しばらくして、七瀬の中から抜け出た玲が、ドサリと横になった。

七瀬の肩に手を回して自分の方に向けると、今度は額に唇を押しつける。

「はぁ……セックスってこんなに気持ちいいんだね。何回でもできそうだよ」

荒い息をしながら少し汗ばんでしっとりしている胸に、七瀬を抱き寄せた。

（ドキドキしてる音が聞こえる）

何度か裸で抱き合ったこともあるけれど、今が一番近くにお互いを感じることができた。

「玲ったら、なに初めてした高校生みたいなこと言ってるの？」

七瀬は、恥ずかしさからからかうような言葉をかけた。

「実際、初めてだし」

「えっ⁉」

腕の中で顔を上げて玲を見る。

「初めてだから、今日が。――セックスしたの」

「嘘っ⁉」

七瀬のその言葉が気に入らなかったのか、拗ねた表情を浮かべた。

「う、そ、じゃないし！」

「だって……あんなに慣れてたのにっ！」

今までの行為が〝初めての男〟によってもたらされたものだとは到底信じられなかった。

「そう？　まぁ、そうだよね。ナナちゃんいつもあんなにすぐにイッちゃってたもんね。よかった、いろいろ頑張ったかいがあったよ」

ニヤニヤとからかうような笑いを浮かべている。

「そ、そういうこと言わないでって、いつも言ってるのに……玲こそ、本当に初めてなの？」

容姿端麗で誰にでも憧れられる玲が、今日まで未経験だったなんて……。

「だって仕方がないでしょ？　勃《た》たないんだもん」

「ん？」

なんだかびっくりするようなことを、聞いたような気がする。

「ナナちゃんじゃないと、勃たないんだから、今まで童貞でも仕方ないでしょ？」

七瀬の頬にかかる髪をそっと払い、顔を両手で包み込んだ。

「こんなことナナちゃんに言うべきじゃないと思うんだけど、実は何回かそういうチャンスもなかったわけじゃない。僕だって大人の男だからね」

それはそうだろう。玲のことを好きな女の子だってひとりやふたりではなかったはずだ。

「だけど、いざそういうことになっても、ダメなんだ。全然興奮しなくて……。病気なんじゃないかとも思ったけど、自分でなら問題なくできる」

「不思議だね。ひ、ひとりでならできるのにね」

こういうときはどう返していいのかわからない。とりあえず同調しておいた。

「ナナちゃんのせいだよ」

「ど、どうして私なのっ？」

「物心ついてから性の対象がずっとナナちゃんだったから、もちろん〝そういうこと〟するときもナナちゃんを思い出してしてしてたんだ。そうしたら、ほかの女の子の裸を見ても反応しなくなっちゃった」

「嘘でしょ……」

衝撃的な告白だったが、自分のあずかり知らないところで起きたことを、責められても困る。

「だからね、責任取って。約束通り朝まで僕の好きにさせてもらうよ」

一方的にさせられた約束だ。

「いつだって、玲の好きにしてるじゃないの！」

思わず言い返す。

「そんなことないよ、いつもナナちゃんの方が気持ちよくなってるじゃない。今日は僕もいっぱい気持ちよくさせてもらうから。……覚悟してね」

玲の太陽のような笑顔は眩しくて、今から行うだろうことからはかけ離れている。

そしてその笑顔のまま、七瀬の首筋に顔をうずめて舌で甘い刺激を加えはじめた。

時折強く吸い上げられて、チリっとした痛みが走る。

玲の唇が離れると、そこには赤い印が点々と刻まれている。

一度落ち着いた体の熱が、再びどんどん上がっていく。いつもは白い肌が熱を帯びて綺麗なピンク色に染まる。

「ここも、ここも。全部僕のだから」

乳房を揉みしだきながら、先端を大きく口に含んだかと思うとジュっと音をたてて吸いあげた。ビリビリした感覚が体をかけめぐり顎がぐっと上がる。

「ん……ぁはん」

まだ頭の片隅に羞恥心が残っていて、唇を噛んで上がる声を抑えようとした。

しかしそれを察知した玲は、声を上げさせようと体中への愛撫を激しくする。

「我慢なんてしないで、それがつらいのを一番よくわかってるの僕だから」

玲の指が七瀬の薄い茂みに触れたとき、さっきの快感がフラッシュバックして思わず体をうつぶせて、玲の手から逃れてしまう。

「ちょっと待って。まだ体の中が熱いの。今続けられると……私」

「逃げないで、思いっきり素直になって気持ちよくなったらいいんだよ」

言い終わらないうちに、七瀬の腰がぐいっと持ち上げられる。

玲の前に突き出された、白く丸い臀部を見られていると想像しただけでも、顔に熱が集中した。それと同時に体内から溢れ出た蜜で、太腿が濡れたのが分かった。

「玲、こんな恰好ダメ」

慌てて寝返ろうとしたが、強い腕に阻止された。

腰を抱え込むようにして、指が割れ目を何度も往復する。

「ン……んんっ！　あん、ヤダ……やあん……」

それに応えるように七瀬のソコはぐじゅぐじゅと大きな音を立てた。

「ん、ナナちゃんのヤダはいつだって、イイってことだもんね」

玲の指の動きはゆるめられることなどなく、それどころかどんどん激しくなっていく。

七瀬の中に突き入れると、何度も抜き差しをはじめた。泡立つほどかき回され、乱される。

「もっと、もっと……してあげる」

「だめ、なんか来ちゃうのっ！　あっ……」

七瀬の体から、さらさらした液体が噴き出した。ブルブルと体中が震え、持ち上がっている腰ががくがくしている。

ダークブラウンのシーツには、ぽたぽたとシミができた。

「はぁ……、あ……！」

「もう、ナナちゃん、指抜いただけなのに、こんなことでも感じちゃうの？」

七瀬のせいで濡れた指を舐めながら玲がからかうように言う。

「ち、ちがうっ……！」

枕に顔をうずめたまま否定する。恥ずかしくて顔が上げられない。

「さっきは僕がすぐイッちゃったから、これはお詫びだよ。今からはふたりで気持ちよくなろうね」

クルリと仰向けにされて、玲と目が合う。

欲望にまみれたその瞳を見ると、七瀬の体の奥も熱く疼いた。

いつの間にか気がつかないうちに、七瀬の中に玲が入る準備ができていた。

切っ先を何度か擦りつけられると、玲の大きなものが、七瀬の中を堪能するようにゆっくりと埋まっていく。

玲は目を閉じて、息をひとつ吐いた。

「やっぱり……気持ちいい」

「ンっ……」

自分の中に入ってきた玲に全身を支配されている気分だ。

腕を引っ張られて、体が起きる。

そして、玲の上に乗り抱きつくような恰好にさせられた。より深い挿入感に七瀬は快感から眉根を寄せる。

しかし玲はかまうことなく、思い切り下から突き上げた。

「きゃん……」

今までとは違う場所を急に刺激されて、声を我慢することなんてできなかった。

「あぁん、そこ、凄いの……ダメ、いきなり」

「いいところに当たるみたいだね。この体勢だとナナちゃんを抱きしめながらできる」

そう言って、唇を重ねてきた。

すぐに舌が唇を割って入ってきて、歯列をなぞる。そして、七瀬の舌に絡みついた。

「ン……ナナちゃんのココ、キスするとキュッキュってなるね」

指で結合部分をそろりと触れられると、七瀬の腰が思わずビクッとした。

「どこ触っても感じちゃうなんて、かわいい」

耳元で言われて、羞恥心と快感でわけがわからなくなる。それと同時に下から激しく突き上げられた。

「あぁあ……ああン……」

激しく腰を打ちつけながら、胸を揉みしだき時折先端を弄ぶ。

唇は耳、頬、首筋――七瀬の感じるところすべてをあますところなく味わっていた。

白い臀部を摑まれて、上下に激しく揺さぶられた。

体中にもたらされる快感という快感に、七瀬は髪を振り乱しながらただあえぎ続けた。

「玲……私も……う…」

「いいよ。イッて。僕ももう一緒に……くっ」

玲が歯を思い切り喰いしばり、七瀬の最奥に自身を突き入れた。

白いなめらかな臀部に玲の指が食い込む。

その強い力から、玲の体内の快感も伝わってくるようで、七瀬はすべての感覚を快楽にあずけて陶酔した。

玲の吐き出した熱さを体で感じ、玲に思い切りしがみつくと同時に意識を手放した。


髪を撫でられているのを感じて、目が覚めた。

うっすらと目を開けると、視界の中に穏やかな顔をした玲がいた。

「目覚めた?」

そう聞かれて答えようとしたが掠れた声しか出ない。

「コホッ……こ、声が……」

「あ、しょうがないよ。あれだけ大きい声で喘いでいたら」

くすくすと笑いながら、ベッドサイドのテーブルから飲みかけのペットボトルを取ってくれた。

喉を潤すとやっとまともに声が出た。

「玲、ごめん、寝ちゃってたみたい」

「うん、そんな長い時間じゃないけどね。本当はもう一回したいけど、我慢してあげる」

玲の底なしの精力に七瀬は、目を剝いた。

「も、もう一回なんて　む、無理だからね、絶対」

なんて恐ろしいことを言うのだろうか？　そんなに何度もしたら七瀬の体がもたない。

玲に触られると抵抗できなくなる。それは再会してから今日までずっとそうだった。

「そんなに嫌がられるとショックなんだけど」

唇を尖らせながら、玲がバインダーに挟まった紙切れを差し出してくる。

「ほら、ナナちゃん、ここところにサインして」

薄い紙に茶色の枠と文字が印字されているそれは、

――婚姻届。


「こ、これ、今サインするの？」

「今しないでいつするの？」

きょとんとした顔で聞き返されて戸惑ってしまう。

（いつもいきなりだけど、今回は急すぎじゃない？）

戸惑いながら書類を見ると、証人の欄にはすでに玲の母親と、七瀬の父親のサインがしてある。

「このサイン、いつの間にもらったのよっ」

あまりの準備の良さに驚くしかない。

「おじさんにはふたりで話をしたときに、もらってたんだ。お袋には出張中にもらった」

何でもないことのように言う玲に、ペンを握らされた。

「あ、失敗しても大丈夫だよ。ちゃんと書き損じてもいいように予備のサインももらってあるから」

ここまでされたら、サインをしないわけにはいかない。しかし、もう一度確認しておきたいことがあった。

「玲、本当に私でいいの？　幼馴染みに持つ感情と、恋愛感情を一緒にしてない？」

「まだ、そんな往生際の悪いこと言ってるの？　でも、そんなところがナナちゃんらしいか……」

玲は呆れたような表情を見せ、そのあと柔らかく微笑んだ。

確かにそうだ。何があっても玲に着いていくと決めたのは七瀬なのだから。サインしてしまえばいい。けれどやっぱり玲にきちんと聞いておきたかったのだ。

「妹尾七瀬さん。僕と結婚して二度と離れないでください」

真剣な目で改めてされたプロポーズに胸がふるえる。玲の気持ちはわかっていたはずなのに、それでもこんなに嬉しいとは思わなかった。

「はい、一生離さないでください」

今までで一番の笑顔で玲にイエスの返事をした。自分の思いが言葉だけでなく全身で伝わるように。

幼い頃は一緒にいることが当たり前だった。

しかし今は違う。七瀬は自分の意志で玲とともに歩むことを決めたのだ。

少しも離れずにそばにいようと……。

玲の手が伸びてきてギュッと抱きしめられた。

こめかみにひとつキスを落とされた後、「やっぱりもう一回したい」と駄々をこねる玲をベッドの隅におしやって、婚姻届にサインした。

出会ってから二十年たったふたりが、新しい関係となって未来へ歩み出そうとする瞬間だった。

第十五章　ベターハーフ

翌朝ふたりは役所に婚姻届を出してから会社に向かうことにした。

会社の最寄り駅から歩いて数分の役所へ、手を繋いで歩く。

「会社の人に見つからない？」

キョロキョロと見回す七瀬を見て玲が笑う。

「今さら隠したって、すぐにばれるでしょ？　それにもうこの手、二度と放すつもりなんてないから」

朝から情熱的なセリフを玲が口にする。でも、それが嬉しい。

緩んだ顔を見られたくなくて急いでうつむく。

話題を変えようと思って、以前から気になっていたことを聞いてみた。

「玲はいつから私の気持ちに気がついていたの？」

いつだって七瀬自身よりも七瀬のことがわかっている玲だ。その玲が七瀬の気持ちに気がついたのがいつだったのか知りたかった。

「そんなの最初に体に触れたときだよ」

「それって再会した初日ってこと？」

「うん、だってナナちゃんは好きでもない人に、あんなやらしいことさせないでしょ？」

そうなのかもしれない。はじめは敬介と別れた寂しさを埋めたいだけだと思った。

でも、心の傷がどうこうというよりも、一緒にいることが当たり前に感じることの方が先だった。触れられて、求めて求められて。

――ベターハーフ。

もともとひとつだったふたりが、この世に生まれてくるときに男と女にわかれた。だからこそ、お互いを求め合って今ふたたび、夫婦としてひとつになる。

ふたりを表すのに一番しっくりくる言葉。

そんなことを考えながら、役所の時間外窓口に書類を提出する。

守衛のおじさんが確認をして「おめでとうございます」とにっこり微笑んでくれて、ふたりは晴れて夫婦になった。


会社に入ると玲はすぐに、社長室へ向かった。

今日は大事な経営会議があるとだけ聞いていた。きっと本社での会議の結果を、先に社長に報告するのだろう。

七瀬は先に エレベーターを降りて、閉まりつつある扉の奥にいる玲に手を振る。

（玲がニューヨークに戻るなら、私も引き継ぎがすぐにできるように仕事の整理をしないと……）

ロッカールームに荷物を置くと、すぐに仕事に取り掛かった。


その日の午後、衝撃の人事が発表された。

副社長の懲戒解雇。

朝から沙月のデスクが空席だった理由がやっとわかった。

噂好きの西本から聞いた話では、〝りんりんネコりん〟のライセンス契約について、キャラクターの権利を持つ会社との間に長い間癒着関係があり、副社長がライセンス料を中抜きしていた事実が発覚したらしい。

他にも会社の不利益になるような事件が発覚した。そのことが業績悪化の要因になったことは否定できない。

玲のした調査で明らかになったので、癒着していた取引先との契約を打ち切り、新しいキャラクターのライセンス契約をすることで、取引の浄化を図ろうとしているとのことだった。

（だから玲はいくら売り上げがよくても、キャラクター使用の打ち切りを決めたんだ）

やっと玲のやってきたことの理由がわかって、彼らしい判断だと七瀬も納得した。

それと同時に一時的にでも、玲の仕事について疑ってしまった自分が恥ずかしくなった。

（今日は玲の好きなハンバーグを作ってあげよう）

社内は突然降って湧いた重役のスキャンダルの話でもちきりだった。

七瀬はまだ話し込んでいる同僚たちから離れて、気分を切り替えるために化粧室へ向かう。

「――っていうか、早川さんこんな状態じゃ、絶対会社に来れないよね」

「あのプライドだけは高いエセお嬢様のことだから二度と顔を見せないわよ」

「せっかく近くにいれば、何かいいことあるかもと思ったけど、結局お守りさせられて終わりだったわね」

そこにいたのは、いつも沙月と一緒にいた三人の女性社員だ。

(私も早川さんはあまり好きじゃないけど、こういうのは許せない)

「あなたたち彼女の友達じゃないの？」

次の瞬間、思わず七瀬は思ったことを口にしていた。

背後から急に声をかけられ、驚いて振り返った取り巻き三人衆は、相手が七瀬だとわかると面白くなさそうな顔をした。

「友達？　そんなはずないじゃない。あんな子利用するために一緒にいただけですから」

グロスを塗り直しながら吐き捨てるように言ったので、ますます七瀬は声を荒らげた。

「ずっと仲良くしてたのに、急に手のひらを返すなんて――」

「もういいです！」

七瀬の後ろから声がかかる。振り向くとそこには渦中の人、沙月が立っていた。

「早川さん、でも……」

「本当にいいんです。わかってたことだから」

どこか寂しそうな顔から、彼女が本当は傷ついていることがわかる。

「私たち、謝るつもりないから」

それだけ告げて取り巻きたちは、化粧室を出て行った。


「ちょっとだけお時間いいですか？」

いつもとは違う沙月の丁寧な態度に、七瀬は断ることなどできなかった。

沙月は、誰もいないリフレッシュコーナーに七瀬を連れて行った。

「父のこと聞きましたか？」

「あ、うん。これから大変だね」

こんな言葉しか掛けることができない自分がもどかしい。

「それは仕方ないことです。悪いことをしたのは父ですから」

案外冷静だなと感心する。自分なら驚いて取り乱してしまいそうなのに。

「早川さんはこれからどうするの？」

「私、もうこの会社にはいられませんから……」

「そうだよね」

父親のしたことで、娘まで罪に問われるのは可哀想だと思わないでもないが、コネ入社の彼女にそれは通用しないだろう。

「それで、最後にちゃんと話をしておきたいと思って」

(話？　敬介のこと？　それとも、まさか玲のこと？)

そういえば、最近では社内で噂になるほど、沙月は玲にべったりだった。

玲が好きだと言い出すのではないか……籍を入れて夫婦になったものの、夫に恋心を抱く女性には、やはり危機感を覚える。しかも相手は元カレを奪った相手だ。

「……好きなんです」

(やっぱり……)

予想はしていたけれど、覚悟をしていたわけではないのでそれなりにショックを受ける。

「確かに好きになるのは自由だけど……」

「自由ですよねっ！」

沙月の瞳が輝いた。

「でも、ごめんね。玲だけは譲れないよ。彼がいないとダメなの」

敬介の時みたいに、黙って引き下がることなんてできない。

まっすぐに沙月の顔を見て言い返した。

(玲だけは、絶対にダメ！)

しかし、当の沙月はきょとんとしている。

「違うんです。私が好きなのは妹尾さんなんです」

――私?

「っていうか私、女なんだけど」

頭の中にクエスチョンマークがいくつも浮かぶ。

(彼女は、いったい何を言ってるのか、わけがわからない……)

「やっぱりダメですか?」

「あの、ダメっていうか……」

三十年近く生きているので、だいたいのことは経験しているつもりだったけれど……。

驚きすぎて、返す言葉も出てこない。

「私、学生時代から友達が少なかったんです。入社して、みんなが副社長の娘っていう特別な目で見ていたのに、妹尾さんだけは普通の社員と同じように接してくれました」

確かに、彼女の父親が誰であろうと仕事には関係のないことだと思っていたから、普通に接しただけだ。

「だけど前に、私の同期に『自分はいじめられてる』って言ったじゃない。だから距離を置いたのよ」

「それは……妹尾さんと同期の仲がいいのがうらやましくて、わざと嘘をついたんです」

沙月の告白に声も出ない。

「まさか――敬介のことも?」

コクンと頷く。すまなそうな顔をしているが、そんなことで許されることではないはずだ。

「やっと敬介さんと別れたのに、すぐに黒住さんが現れて、妹尾さんって、正直どれだけ魔性の女なんだってあきれちゃいました」

魔性――七瀬には一生縁のない言葉だと思っていたのに、まさかこんなところで使われるとは……。

「もしかして、玲に近づいたのも？」

「そうです。だけど彼は全然私になびかなかったから、妹尾さんに意地悪するって言って、近くにいるようにしたんです。そうすれば、妹尾さんの方からイヤになって別れてくれるかなって……」

ニコリとほほ笑んでいるが、一緒に笑うことなど到底できない。

「あの……えーっと」

どう返すべきなのか混乱して言葉が出てこない。

「魔性の女っていうのは同意するけど、そこまでにしてくれない？」

聞きなれた声が聞こえて、七瀬は心の底から安心した。

「玲！」

振り向き、駆け寄って思わず玲の体に縋りついてしまう。

すると、自分でも驚くほど、気持ちが落ち着いていくのがわかる。

「悪いけど、ナナちゃんの身も心も戸籍ももう僕のものになったからね」

「戸籍？」

沙月が不思議そうに尋ねる。

「そう、ナナちゃんはもう妹尾さんじゃなくて、黒住さんだから」

沙月が驚いた顔でふたりを交互に見て、その場にしゃがみこんだ。

「早川さん」

こんな時でもやはり目の前でつらそうにしている人を見たら心配になってしまう。

「自分のものにならないなら、思いっきり嫌われようと思って。そうすればいつか諦められるからって。私、わかってたんです。妹尾さんは私なんか相手にしないって。でも、どうしてもこの気持ちのやり場がなくて……」

ポロポロと涙を流す沙月がかわいそうになってきた。

やり方は間違っているし、それに応えるつもりもない。

でも、これも間違いなく彼女の愛情表現のひとつだと思えば、むやみに責めることもできなかった。

「だから今日は謝って最後にしようと思ってたのに、あんな風にみんなから庇ってくれるから……」

化粧室でのことだろう。

「もう会うのも最後だと思ったら、気持ちが抑えられなくて、ごめんなさい」

泣き続ける沙月に七瀬が声をかける。

「気持ちに応えてあげることはできないけど、許す努力はしたいと思っている」

やっぱり目の前で泣かれると、優しい声をかけてあげることしかできない。

かといって、今までされてきたことを「はい、そうですか」と許せるほど人間ができているわけでもない。これが七瀬に言える精一杯だった。

「妹尾さん！」

屈んで話しかけていた七瀬に沙月が抱きついた。

「ちょっと、もう泣かないでよ」

七瀬は沙月の背中を撫でる。

「本当にすみませんでした！」

沙月は七瀬の背に手を回してぎゅっと抱きつき、謝罪の言葉を口にした。

沙月のその答えに満足した七瀬だったが、玲は違った。

「ナナちゃん、離れて！」

「もう、玲ったらいいじゃない、女同士なんだから……」

「女同士だろうとなんだろうと、ダメなものはダメ」

それを聞いて、沙月が七瀬に問いかけた。

「黒住さんって案外融通がきかないんですね。妹尾さん本当に彼でよかったんですか？」

その問いに、玲が代わりに答える。

「いいの、ナナちゃんには僕しかいないし、僕にもナナちゃんしかいないんだから。ほら行くよ！」

そう言って玲に引きずられるようにして、リフレッシュコーナーを出た。

振り返ると、そこには深々と頭を下げたままの沙月がいた。


「いろいろありがとうございました」

沙月は小さくつぶやいたが、その言葉は七瀬に届くことはなかった。

「これでちゃんとケジメつけられたの？」

七瀬たちと入れ替わりにリフレッシュコーナーに現れたのは、敬介だった。

「あんな風に安心しきった妹尾さんを見たら、つけ入るスキなんてないんだってわかります」

「俺と七瀬の間にはそれがあったってこと？」

敬介の問いに、気まずそうに答えた。

「そうですね……、敬介さんにも謝らないといけませんね。振り回してごめんなさい」

深く頭を下げる沙月は、今まで敬介が知っていた彼女ではない。自分の気持ちをさらけ出し、すっきりしたようだ。

「これからどうするの？　俺たち一応婚約してるんだよね？」

敬介は自販機でコーヒーを買いながら、沙月に問いかけた。

「もちろん婚約は解消です。巻き込んですみませんでした」

「それじゃ俺は、この短期間に二度も婚約解消するわけ？　それより……」

「……？」

「七瀬のこと好き同士、傷の舐め合いをするっていうのはどう？」

自販機の中からカップのコーヒーを取り出し、沙月に差し出す。

驚いた顔をした沙月だったが、しばらくして頬を緩めた。そして敬介からカップを受け取る。

「それもいいかもしれませんね……」

カップから立ち上る湯気をふうふうと吹いて、ひと口飲んだ。

「おいしい」

「インスタントだけど、なかなかうまいだろ」

今までは考えられなかったような穏やかな空気が、ふたりの間に流れはじめた。


「玲ったら、引っ張らないで」

玲は大股で七瀬を引きずるようにして、廊下を歩いていた。

「もう、ナナちゃんったらどこまでお人好しなんだよ」

「でも、反省していたみたいだし」

責められて思わず言い返した。

「反省はしてたかもしれないけど、諦めてはいないよ」

玲に連れてこられた場所は、いつもの小会議室だった。

そこには、マークとアンナがすでにソファに腰かけて談笑していた。

「呼び出しておいて遅いじゃない」

「ごめん。ナナちゃんを捕まえるのに時間がかかって」

そう言いながら玲は座って、自分の横の席をポンッと叩くので、七瀬も慌ててそこに座った。

「早速ですが、僕たち結婚したんです」

（……玲、いきなりっ！）

「……ん？」

「だから、結婚したんですよ。今朝」

「うそー！　急にどうしたの？」

アンナが叫び声をあげた。きっと外のフロアにいる人は何事かと思うだろう。

「急に恋が実ったので、速攻で届けを出してきました。ねー」

「……ねー」

とりあえず玲に合わせて相槌をうってみた。なんて緊張感のない上司への結婚報告だろうか。

「そうですか、とても急ですが、おふたりとも幸せそうです。オメデトウ」

マークが自分のことのように嬉しそうにしているので、マークと玲は、とても信頼し合っていることがわかった。

「これで新しい仕事も、思う存分できますね」

「はい、精いっぱい頑張ります」

そう言った玲は、七瀬の手をぎゅっと握った。

「ナナセさんもしっかりとレイを支えてくださいね、えーと〝ナイジョノコウ〟ですね」

難しい日本語を知っているマークに少し驚いたが、七瀬は素直に返事をした。

「はい、ニューヨークへ行ってもしっかり頑張ります！」

張りきった七瀬の様子を見て、マークはきょとんとした。

「あははは……レイ、ナナセはニューヨークに行くつもりらしいわ」

大笑いしているアンナを、玲が問いただす。

「やっぱり、アンナが変なこと吹き込んだんでしょ？」

「何言ってるのよ。そのおかげでレイの長い長い初恋が実ったんでしょ？　感謝してほしいわ」

足を組み替えて、腕を組んだアンナ。だが七瀬はまるで状況を理解できていなかった。

「あの……玲、ニューヨークに行くんだよね？」

「ん？　僕そんなこと言った？」

「うちの立て直しに失敗したらニューヨークへ戻らないといけないって、アンナが……」

視線を向けるとおかしそうに肩をゆすってアンナは笑っている。

「確かに言ったわよ。〝失敗したら〟ってね」

「もしかして私、騙されたの？」

「人聞きの悪いこと言わないで。私は騙してないわよ、事実を伝えただけ。早とちりしたのはナナセでしょ？」

　確かにそうだ。勝手に玲がニューヨークへ行ってしまうと思い込んだのは七瀬なのだ。

「そんなぁ……私すっかり仕事引き継ぐ気でいたのに」

　自分のした早とちりが恥ずかしくなり、思わず顔を覆った。

「じゃあ、新しい仕事って？」

　玲がニューヨークに行かないとなると、新しい仕事は何なのかが気になる。

　今まで黙っていたマークが口をはさんだ。

「レイには新しく立ち上げる日本支社の支社長をしてもらう。しっかり頑張ってもらうつもりだ」

「……支社長。玲が……じゃあ、ニューヨークは……」

「——行かないよ。ずっとナナちゃんのそばにいるって約束したから」

　安心した七瀬は緊張がほぐれて、背もたれに体重を預けた。

「よかった……もちろん玲についていくつもりだったけど、本当はここで仕事を続けたかったの」

　そんな七瀬のひざを玲がポンポンと叩いた。

今回の一件で会社の中に長年たまっていた膿《うみ》を吐き出すことができた。

それに伴い、副社長によっていくつかの派閥に分かれて対立していた経営陣は、一枚岩となってあさひ堂を支えることになったのだ。

あとは玲の指示した改善案を遂行していくだけでいい。

玲は最初の約束通り、七瀬の大切なあさひ堂をきちんと守ったのだ。


マークとアンナは、日本での仕事が終わったので夜のフライトでニューヨークに帰ることになった。

「レイ、次に日本に来る時は、アナタは相手しなくていいわ。私、ナナセと飲む方が楽しいって気づいたの。じゃあね」

小会議室を出る間際にアンナはそう言って、手を振った。

バタンと扉が閉まって、ふたりっきりになる。

「次はアンナがライバルか……前途多難だな」

玲の小さなつぶやきの意味を、またもや七瀬は理解できなかった。

「それよりも、どうして日本に残ることを教えてくれなかったの?」

「それは守秘義務……」

いつもの言葉でうまくかわそうとする玲を七瀬が睨む。

「だって、それが誤解だってわかったら、ナナちゃんはまた結婚を渋るかと思って……」

頭を掻きながら言う玲を見ていると、彼も不安だったのだということがわかる。

「今回ばかりはナナちゃんのおっちょこちょいに感謝したよ、心から！」

「もう、玲！」

手を振り上げて、たたく真似をすると、その腕をグイッと引っ張られる。

「僕だってもう離れられないよ。再会してからますますナナちゃん病がひどくなってるんだから」

恥ずかしいセリフに、七瀬の耳が赤くなる。

（ナナちゃん病か……それなら私だって立派な玲依存症だわ）

「病気なら、病院に行って注射してもらう？」

少し意地悪に返してみる。

「注射よりも、ナナちゃんの甘いキスで治してほしいな」

照れ隠しで言ったセリフを逆手にとられた。

「玲、ここが会社だってこと、わかってる？　でも玲の病気を治す方が大事かな？」

七瀬は、唇を玲の唇に重ねた。

触れるだけのキスをして、玲を見つめると熱のこもった視線が絡む。

「ごめん、病気悪化しちゃったみたい。もっと強いお薬頂戴」

甘えた声で言われて全身が震えた。

「ダメだよ。仕事しないと……ね」

自分に言い聞かせるかのごとく、玲に言った。彼のペースに流されてしまわないように一生懸命抗う。

「どうして？　僕がナナちゃんを欲しがるのは仕方ないことなんだよ。だって僕らは生まれる前きっとひとつだったんだから。やっと本来の形に戻れたのに少しでも離れるなんてできないよ」

心をとろけさせるような玲のセリフに、「もう一回だけだよ」と結局もう一度口づけた。

『僕がその恋、忘れさせてあげる』

そんなセリフから始まったふたりの恋は、玲の宣言通り新しくまばゆい色に塗り替えられた。

遠く離れてしまって、お互いの人生がたとえ一度は別々になってしまったとしても……。

それでも惹かれあい導かれて出会うベターハーフ。

そんなふたりの運命はやっと重なり合って、この先離れることなくずっとずっと輝き続ける。

〈ＥＮＤ〉

番外編　これは、新婚初夜の話

都心にある外資系高級ホテル、カメリア。ここに結婚式を終えたばかりの一組のカップルがいた。

天井まである大きなガラス窓からは、きらきらと輝く夜景を眺めることができる。まるで宝石箱をひっくり返したようなきらめきに目を細め眺めているのは、この日の主役である花嫁だった。

「ねえ、玲！　すごく綺麗なの。ほら、見て」

少しお酒の入った七瀬は、いつもよりもはしゃいでいた。自覚はしていたけれど、それでも大好きな玲と皆の前で愛を誓い結婚式を挙げられたことに有頂天になり、幸せの絶頂で普段味わえない高揚感を一日中味わっていたのだ。多少いつもと違うのは仕方のない話。

そしてそんな彼女を愛おしそうに見つめるのは、新郎の玲だった。

夜景を楽しんでいる七瀬の背後から、彼女をそっと抱きしめて窓の外を一緒に眺める。

「たしかに、綺麗だけど。ナナちゃんには到底かなわないよ」

七瀬がガラスについていた手に、玲も自らの手のひらを重ね、耳元で艶めく声でささやく。

「世界一綺麗だ」

「……んっ」

甘い声色、それと耳にかかる熱い吐息に思わず体が反応してしまう。

「玲ったら」

顔だけ振り返り最愛の夫を見つめると、すぐに唇にキスが落とされた。

「ナナちゃん、さっきから夜景ばっかり見てて、僕のことほったらかしじゃない？　今日は待ちに待った〝新婚初夜〟なのに」

たしかに玲の言う通り、今日はふたりにとって『新婚初夜』だ。けれどもってまわったような言い方に、なんだか淫靡な意味を感じ取ってしまい素直に受け入れられない。

そしてそれを証明するごとく、玲の手のひらが七瀬の体の上をそっと撫でた。腰から腹部。太腿と……。はっきりと〝それ〟とわかる意志をもって動く彼の手は、七瀬の体の反応を得て、余計に大胆になっていく。

このままでは、明日の朝まで……いや、チェックアウトの間際まで裸でベッドにいることになりかねない。

七瀬としては今夜が『新婚初夜』だからこそ、この素晴らしいスイートルームを堪能して、ワインでも傾けながら過去のことやこれからのことについて玲と話をしたいと思っていたのだ。

「ねぇ、ダメ。せっかくだから少しワインでも飲もう」

玲の手と流されそうになる弱い意志を振り切って、彼を見つめる。

不服そうに唇を尖らせた玲の鼻をつまむ。すると玲が「ふがっ」と声を上げたのがおかしくて、笑い出すとそれまでの色気のある雰囲気がそがれた。

チャンスと見計らい、玲の腕から抜け出るとソファに座りワインを手にして、玲に見せる。

彼は少し不本意そうな顔をしたけれど、七瀬の希望となると聞かないわけにはいかず、彼女の隣に腰を下ろした。

「玲、落ちたよ」

その際に脱いだスーツのジャケットから、一枚の写真が落ちた。七瀬が拾うとそこには幼いころの七瀬と玲、ふたりが写っていた。それは、玲がニューヨークに立つ前日。七瀬の部屋で撮った写真だった。

「あ……懐かしいね」

ずいぶん色褪せて、角がすっかり擦り切れてしまっている。それほど玲がこの写真を常に手にしていたのだということがわかった。

「どうして、今日この写真を持ってきていたの？」

七瀬が写真の中の玲を愛おしそうに撫でながら、尋ねる。玲はその姿を見ながら、柔らかく微笑んだ。

「あの日の僕に伝えたかったんだ。やっとナナちゃんが僕のお嫁さんになったんだよって」

感慨深い面持ちでそう言った玲の手を、七瀬はぎゅっと握った。あの日からずっと、玲は今日という日が来るのを待ちわびていたのだ。長い年月、色々なことがあっただろう。その間、ずっと七瀬のことを思い続けてくれていた。

その思いはわかっていたはずなのに、ボロボロになった写真を手にした今、より彼の思いの強さを感じた。

自ら手を伸ばし、玲を胸に抱きしめた。いつもとは立場が逆なので、一瞬玲は戸惑ったようだったが、七瀬にされるがまま抱きしめ返してきた。

「ありがとう、玲。わたしをあなたのお嫁さんにしてくれて。神様の前であなたに誓った愛の言葉。一生胸に刻んで生きていくね」

心から幸せだと思った。胸がふるえ、目頭が熱くなる。小さなころから培われてきた玲の愛が七瀬を包み込んでいるように思えた。

「ありがとう。でも、僕は神様じゃなくてナナちゃんに愛を誓ったよ。だって僕にとっての神様はナナちゃんだから」

突拍子もない言葉に、それまで感動で打ち震えていたのが「え？」となった。

「なに、言い出すのよ。それって、神への冒瀆じゃない？」

七瀬を神様などと、なんともまあ罰当たりなことか。

「冒瀆？　僕のナナちゃんは何よりも尊いんだから。異論反論は受け付けない」

目をわずかに細めた玲の手が、七瀬の背中にあるドレスのファスナーを下ろしていく。

急に締め付けが緩くなり慌てて前を押さえた。

しかし背中はすでにあらわになっており、玲の指がツツーッと下から登ってくる。ビクンと肩を揺らし、肌が粟立った。

「ん……ちょっと、神様にこんなことして、いいと思っているの？」

呆れた七瀬は玲の言葉を借りて、彼を非難する。まだ話を全然していないし、ワインだって一滴も飲んでいない。

「ん〜でも僕、今日一日中ナナちゃんのドレスを脱がせて、あんなことやこんなことしたいってずっと思ってたんだ。これでも我慢したほうだよ」

褒めてくれと言わんばかりに自慢気に言われても困る。

「もう！　神聖な結婚式で、そんなこと考えていたなんて。ダメじゃない」

「そうかも。でもきっと、僕の神様はこうされるの好きだから」

ゆるくなったドレスの胸元から玲は素早く手を差し入れると、やわらかな胸の赤い頂をきゅっとつまんだ。

「んっ……やっ」

彼に慣らされた体は、すぐに反応してしまう。玲は喉の奥でくつくつと楽し気に笑うと、扱くように胸への愛撫を続けた。

「神様にこんなことして、地獄に落ちるかもしれないな。でもいいや、ナナちゃんとならどこまでも一緒に行くよ」

　耳元で麻薬のように甘くささやく。その言葉をしみこませるように耳の輪郭をねっとりと舐め、ぐちゅぐちゅと攻め立てた。

　もうここまでくれば、七瀬は抵抗なんてできるわけもなく、ブルリと大きく身体を震わせ、潤んだ瞳で恨めし気に玲を見つめた。

　目を合わせた瞬間玲の目に、燃えるような情欲の色が見て取れた。刹那、しなやかな指に顎をとらわれ、唇が奪われる。すぐに唇の間から彼の舌が滑り込んできて、上あごや頬や歯列をなぞり、舌を絡ませてきた。ぐちゅぐちゅとお互いの唾液が攪拌される音に、耳からも羞恥心が煽られて、七瀬のお腹の奥がきゅっと反応してしまう。

「玲、ここじゃいや。ベッドにつれていって」

「ん、そうしよう。それでやっぱり地獄に落ちるんじゃなくて、天国に行こう。甘い天国にふたりで……朝まで、ずっと。ね？」

　玲の底なしの色気に充てられた七瀬は、つい「うん」とうなずいてしまった。結局受け止めきれないほどの愛を注がれた七瀬は、天国に行こうと言った玲の言葉は、まんざら大袈裟でもなんでもなかったのだと、身をもって知ることになった。

〈HAPPY　END〉

あとがき

はじめましての方も、お久ぶりの方も、このたびは『ラブ・ロンダリング　年下エリートは狙った獲物を甘く堕とす』をお手に取ってくださいまして、ありがとうございます。

昔から高田をご存知の方であればお気づきかと思いますが、こちらは以前に電子と紙の書籍で出した『ラブ・ロンダリング』に加筆修正を加えたもの。いわゆる新生『ラブ・ロンダリング』になります。

これを書いたのがデビューの年、二〇十三年。まさか自分がこんなに長く執筆活動をしているとは思ってもいませんでした。

今回もう一度原稿に向かい合って感じたものは、拙さの中にも勢いがあったなぁ……ということ（その分粗削りで、あっちもこっちも修正したのですが）。

ずっと同じ担当さんにお世話になっているのですが、「この作品は、高田さんにとって特別ですよね。わかります」と言われてしまいました。それくらい大好きで大切な作品です。

もちろんどの作品も、皆さまにお楽しみいただけるように心を込めて精一杯書いてはいますが、あの頃のように何も考えずに（?）思いのままに書くことって少なくなっている な……と感じることもしばしば（それが良い悪いというのは、別として、です！）。

そういう点では今回のリメイク作業を通して、新生『高田ちさき』として気持ちを新たにできたような気がします。

これからも読者様をはじめ本づくりに携わっている方々を、笑顔にできるような作品を多く作り上げていければいいなと思います。

イラストを担当していただいたｎｅｃｏ先生。表紙のラフを拝見した際は、素敵すぎてため息が漏れ、挿絵を拝見した際は駄々洩れの色気に「けしからんっ！」と鼻息を荒くしました。七瀬と玲を想像以上に素晴らしく仕上げてくださって、ありがとうございます。

担当様。今回わたしがバタバタしておりタイトスケジュールになってしまい、申し訳ありませんでした。さば読みなしのスケジュールに戦慄しました（笑）

そして最後にもう一度、この本を手に取ってくださった皆さま。本当にありがとうございます。この作品を通して、皆さまの心に小さな幸せがお届けできていればうれしいです。

感謝を込めて。

高田ちさき

建築デザイナー
×
OL
平凡な日常は
その朝、
終わりを告げる
想像してごらん、
電車で
犯される
自分を

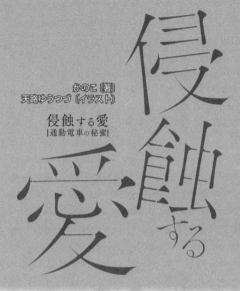